有《あり》内《うち》麗《うらら》のスピリチュアルな冒険

福寛美
FUKU Hiromi

文芸社

はじめに

　この話は、今を生きる三十代前半の女性の話です。この女性はとてもかわいく、スタイルがいい、普通の生い立ちの方です。名を有内麗《ありうちうらら》さんとしておきます。この女性が北方アジアのシャーマンにリモートで鑑定してもらった話を、筆者はたまたま知ることになりました。この方のお話を読者の皆様に知っていただきたいと思います。

　なお、本文中では麗さんが一人称で語る、という形式にしています。そのほうが、麗さんの魅力がよく分かるからです。麗さんは、北方アジアのシャーマンとの最初の関わりを「スピリチュアルな冒険」と言われました。彼女の冒険をたどっていきたいと思います。麗さんの冒険は、その後も続いています。

　なお「中田先生」という、女性のシャーマン研究者が本文に登場します。また、北方アジア出身のシャーマン研究者の女性の先生は、「美月先生」の名で登場します。神霊と関わることを仕事にする人を、日本では普通、シャーマンといいます。ただ北方アジアでは、神霊とつながる人は、シャマンと称するほうがふさわしい、という考えがあります。美月先生はその立場です。本著では統一し、すべてシャーマンと書いてあります。

麗さんは「東方大学」の「南西諸島研究所」でアルバイトをしています。そして、麗さんと関係の深い島は、沖縄本島に近い離島です。その島を「群青島」と呼びます。

また、麗さん以外にも北方アジアのシャーマンに鑑定してもらった方々がいます。麗さんと同じように、今までの人生とは別次元から降ってきたシャーマンの言葉を皆さんがどのように捉えたか。そのことも麗さんの視点でたどってみたいと思います。

目次

スピリチュアルな冒険　38

有内麗という人物

有内麗さんは明るく元気な、そして魅力的な女性です。性格は開放的で、誰とでもすぐに仲良くなれます。こんなに明るい麗さんですが、付き合ってきた男性達は皆、どことなく暗い性格のオタクばかりだったそうです。彼女はそんな自分をクラオタホイホイと言っていました。最初、この言葉を聞いた時、何だろう？　と思ったのですが、よく考えたら「ネクラのオタクをホイホイ引き寄せる」という意味だとわかりました。なお彼女と結婚した年下の夫はネクラではないそうです。

麗さんと初めてしゃべった男性は、彼女が「ネクラのオタクは私の所で温まりたいたいみたいです」と話したのを聞いて、「セミの幼虫が初めて地面に出てきて日に当たって温まって木に登り、羽化する感じですかね」と言っていました。暗い土中でのコロリン体型の虫をやめ、飛翔するセミになる、というのは相当な変化です。その変化をうながすのが彼女なのだと思います。

麗さんはセンスが良く、「はじめに」で書いたように、北方アジアのシャーマンとの最初の関わりを「スピリチュアルな冒険」と言われました。こういった言葉がとっさに出てくるのは、彼女の頭の回転の速さによる、と思っています。

麗さんと話していると、いつも育ちの良さ、というものを感じます。現代日本では、そろそろ死語になりつつある言葉ですが、麗さんの場合、ご両親がしっかり育て、おっとりとした生徒が集まる学校にいき、すくすく育った感じだ、と思います。

ところで今、時々言われる「意識高い系」という言葉があります。これは、死ぬほどダサイのに気位ばかり高く、集団の中で浮き上がる人のことを指しています。筆者の知人の中にもそういった人達がいます。この意識高い系と逆なのが麗さんです。彼女はもっとツンケンしても良さそうなのですが、そういった所が全くありません。たぶん、ツンケンする方法を知らないのだろう、と思っています。

麗さんは最初勤めたそれなりにネームバリューのある会社を辞め、人と関わる仕事をしたい、ということで教職を目指しました。彼女は人懐こく、人好きです。結婚相手の家は、だいぶ前、東京で料理店を開いていたそうです。麗さんは筆者に、「その料理店があったら、私、女将になりたかったです。女将をやりながら時々占いもしたかったです」と語ってくれました。ちょっと年かさになった麗さんが地味な着物に白い割烹着を着て、店で忙しく働き、合間にタロットやホロスコープや四柱推命を駆使して占い希望のお客さんを占い、大人気になる様子を、筆者は簡単に想像できます。

麗さんは人懐こい分、寂しがり屋のところがあります。そしていつも何かに憧れるようなところもあります。群青島が大好きで、素潜りが得意な麗さんは、島から関東へ帰ったら、島が恋しくて泣いてしまった、と筆者に話してくれました。また、涙もろくて、ドラえもんのアニメを見ても泣いてしまう、ドキュメンタリーの悲しい場面でも大泣きして家族を驚かせる、と話してくれました。

共感性が高く、他者の不幸を自分のことのように捉える、という麗さんに向いているのは、精神的に不安定になることもある中高生の先生、とまず思います。彼女は非常勤とはいえ、教職についているので、まさにぴったりです。現代の思春期の子供は、自意識が高いわりに未熟なので、大量の情報の海で時々溺れそうになります。その羅針盤の役割と、子供が大人へと羽化する手助けを、彼女はこれからも明るく元気にこなしていくのだと思っています。

成育歴

私は、神奈川県の登戸の病院で生まれました。一九九〇年四月六日午前二時四十六分生まれです。午年です。この生年月日を見ると、いつも私は偶数の女、と思います。偶数が悪いわけではないですが、いつでも割り切れてしまうので、時々気になります。私は三人きょうだいの末っ子です。よく「末っ子でしょう」と言われます。自分では分からないのですが、末っ子らしさを発散しているのだと思います。八歳上に姉がいて、六歳上に兄がいます。姉はフランスにおり、パートナーはフランスの方です。フランスでバリバリ仕事をしています。兄はサラリーマンで家庭を持っていて、時々二人の子供たちを連れて実家に遊びにきています。私は兄や姉が好きです。ただ、きょうだいの中で特に姉と私は結びつきが深いような気がしています。

両親は元気です。父は少しだけ複雑な生い立ちです。父の父、つまり私の本当の祖父は祖母と結婚し、私の父が生まれてすぐに事故で亡くなりました。その後、祖母は再婚し、再婚相手の私の義理の祖父との間に男の子たちを生みました。父と叔父たちは顔が似ていませんが、仲良く付き合っています。私は本当の祖父の顔を知りたいのですが、探しても、探しても、写真がやっと一枚出てきたくらいで、よく分かりません。

父は自分の本当の父や母、そして義理の父のお墓に興味がないようです。「ああ、父や母の墓は弟たちがやっているから、あっちに任せればいい」と言っています。父は、自分の祖先たちのお墓にお参りしよう、という気がないです。母と父の姉は、それは違うだろう、と思い、最近、お墓を見つけたようです。私もそちらのお墓参りをしようかな、と思っています。

母は自分のご先祖様たちのお墓参りを時々しています。お彼岸、お盆など行事がある時にお墓参りに行っています。父は、母が「お墓参りに行く」と言うと、車を出し、母のほうのお墓に手を合わせています。父はとても頭の良い人なのですが、自分の先祖たちには興味がないようです。なお母方のご先祖様には熱心な日蓮宗の信者がいたらしいです。そして祖母と母も一緒に白装束で日蓮宗の聖山のあるお山のお寺を「南無妙法蓮華経」と唱えながら回った、ということです。このお山は山梨県の身延山《みのぶさん》だと思います。

私は小学校卒業後、男女共学の中高一貫校に行きました。学校は楽しかったです。学校で興味があった科目は、社会系でした。また、歌ったり、身体を動かしたりするのが好きなので、音楽や体育も好きでした。大学は、母校の系列大学へ行きました。学部はメディア系です。私が大学に在学していた二〇一〇年頃はインターネットのコミュニティが広がっていく頃で、ミクシィや出会い系のことを卒論にした人たちもいました。インターネットやデジタル業界を目指す人たちもいました。大学時代、単位を取りに大学に行きましたが、ダンスのサークルに入って踊ったり、バーでアルバイトをしたりして楽しかったです。

そのあと、就職のことを考える時期がきたので、就職活動をしました。それなりに名が通っている食品メーカーに内定をもらい、大学卒業と同時に入社しました。その会社には二年くらい勤めたでしょうか。業務は、会社が扱っている食品がどのように販売されているかを調べることでした。今考えると、スパイのような気もしますが、あちこちのスーパーに行って、会社の食品の動きを観察したり、時々売り場の写真を撮ったり、ということをしていました。

給料も保証され、賞与も休日もあったのですが、だんだんとその仕事は私に向いていない、と思いだしました。私はもっと、人と関わったり、触れ合ったりする仕事をしたい、と思いました。そして、学校の先生になりたい、と思って調べたら、私立の大学の通信講座で中学教諭2種免許が取れる、というのをインターネットで見つけました。

会社を退職し、アルバイトをしながら通信講座で勉強し、社会の中学教諭の2種免許を取りました。私が住んでいた神奈川県の市は、教員免許を取得すると、自動的に公立校とマッチングしてくれます。それで、非常勤講師のお話をいただき、勤めることにしました。その間、付き合っていた彼もいました。そのあと、彼との仲はだめになりましたが。

次に1種免許を取りたかったので、アルバイトをしながら勉強し、社会科教諭の1

種免許を取りました。そして社会（主に公民）の先生になりました。1種免許を取ったら母校で非常勤講師の話をいただき、今は母校で教えています。そのほか、アルバイトもしています。家庭教師、大学の研究所の事務職などのアルバイトです。また、二〇二二年の夏に入籍しました。

占い

私は不思議なことを話してくれる人と会う頻度が高いのかな、と思うことがあります。龍を見る、ということを話してくれた人がいました。また、「うちの子、仏壇の飾りと話をしている」と教えてくれた人もいます。知人の子は車の声が聞こえた、と言います。嵐の中、家族で車に乗っていたら、子供が急に「ママ、車が大丈夫だよ、と言っている」と話したそうです。そういった話を聞いても、何だか半信半疑でした。

私は占いを習ったので、ホロスコープやタロットを使った占いはできます。そのきっかけはスカウトでした。

最初の学校に勤めていた頃、ある日、年上の理科の男性の先生が言いました。

「おれの父ちゃんが定年退職後、勉強して占いを始めたんだ。みんな、行かない？」

女性の先生方は占いが好きだし、私も彼のことで悩んでいてちょっと聞いてみたいこともあったので、先生のお父様のところへ皆で出かけました。

皆、占ってもらって、「ホー」「エッ」などと言っていました。私の番になったら、占い師であるお父様は、私の顔をまじまじと見て、「君、占いに向いているよ。やんない？」と言いました。「向いている星だ。霊感の星のところに入っている。占いをはじめたら？」とも言いました。その時、ちょっと興味があったので「やります」と言いました。そして、父ちゃんではなく、占いの先生にお金を払って占いのノウハウを教えてもらいました。教えてもらったのは、西洋占星術やタロットでした。レッスン料を払って習い、「占いに向いている星」と思い、続けていたら占いが商売になりました。

中学教諭の1種免許を取りたかったので、その勉強もしながらお金を稼ぐのに、占いもしていました。横浜の中華街にはたくさん飲食店があるので、その軒先を貸してもらい、「五百円でタロットをしますが、いかがですか?」というアルバイトをしたこともあります。結構楽しかったです。また、占い師の先生が中華街で部屋を借りていたので、そこを又貸ししてもらい、少し長めの時間をとってガッツリ占う、ということも時々していました。そこでは三千円から五千円くらいいただき、占いをしました。

また、チャットの占いもしました。チャットの相手の書き込みを見て、占いをする、というものです。ちょっとせわしなく、あまりお金もいただけませんでしたが、それなりに面白かったです。チャットの占いをしている他の皆さんの自己紹介を眺め、「みんな、すごいな」と思ったことがあります。「天皇家の末裔」「由緒ある神社の巫女の家系」「イタコの末裔」など、よりどりみどりでした。自分こそ霊能ある家系の生まれだ、と言いたいらしい、とあとで気が付きました。

その頃、私が占いをする、ということを聞いた友人たちが「占って」と言ってくることがありました。何人も来ると、途中まではいいのですが、だんだんお腹のあたりが冷たいような、気持ちが悪いような感じになることがありました。その時は、「ああ、今日はもうやめるね」と言って終わりにしました。友人たちには、時々「視える人（霊視できる人）なの？」と聞かれることもありました。そんなことはない、といつも答えていました。

横浜の中華街に通うのがだんだん大変になり、対面占いは辞めてしまいました。チャットの占いのほうは、一年くらい続いたと思いますが、やはり辞めてしまいました。

中華街にいたスピリチュアル系の人に、「占いや霊能開発の修行をして、やっと人が達する域に、一気に到達する人がいる。しかし、そういう人の能力が閉じるのも早い」と言われたことがあります。また、「あなたはもらいやすい（占った相手の霊障や悪感情をもらってしまいやすい）から、お守りに龍の玉がいい」と言われたこともあります。

チャットの占い、そのほかの占いもですが、私は占いについて勉強したことを使って占いをする、という立場でした。ところが、占いのお客さんは知識で占うのではなく、占い師のインスピレーションを求めている人が多かったです。占いの結果を言うと、それはそれとして、「何か感じませんか?」とか、「ピンときませんか?」と私にたずねてきます。占いの結果が欲しい人は、実は霊感による占いの結果が欲しいのだ、と思いました。世の中、スピリチュアル系の人を求めている、と思いました。

占い師の中でも、霊感で占う人と、学んだことを用いて占う人がいます。私が勉強した占星術は、統計学を用いたものでした。私は理屈で占っていましたが、占い師の中には本当にスピリチュアル系の人もいました。占いをしていて気が付いたことは、「世の中、人の気持ちが気になっている人が多い」ということと、「誰かに自分の深い思いを言語化してほしい人が多い」ということでした。

お付き合いした人たち　~大学時代編

私は大学生の頃からいろいろな人と付き合ってきました。最初の彼は大学生、私も大学生でした。しつこく、ネガティブな感じの人なので、別れました。そうしたら、私のアルバイト先に彼のお母さんがやってきたりしました。別れても、部活が一緒だったのでしつこくついてくることもありました。相手にしないと、怒鳴られることもありました。今でいう、ストーカーっぽい人でした。

彼の家は、私がレジ打ちのアルバイトをしていた輸入食料品主体のスーパーのある最寄り駅からちょっと行ったところでした。私が非番の時、彼のお母さんがやってきて、スタッフの女性に「ここに有内麗ちゃんっていう子がアルバイトをしているんでしょう?」と聞いたそうです。賢く気が利くスタッフのお姉さんは「有内さん、知っていますが、彼女は夜に来ることが多いので、挨拶をするくらいです」と何となくケムに巻く言い方をしたそうです。

そうしたらお母さんは、「有内麗ちゃん、良い子だからうちの息子と結婚してくれたらいいと思っていたのに、別れちゃったのよね」と言って帰っていったそうです。あとでスーパーに出たら、スタッフのお姉さんたちはその話で持ちきりで、「ねえねえ、有内さん、あのお母さんどうなっているの?」と私に聞いてきました。そんなことは分かるはずもなく、なぜお母さんがそんなことをしでかしたのかは謎です。ただ、「あのお母さんのいる家に嫁いだら大変だっただろう」と、あとで思いました。

その話を中田先生にしたら、「死霊と生霊がいたら、生霊のほうが怖い。死霊は死んで止まっているから、同じ現れ方しかしない。でも生霊は生きているから毎日変わる。何をしでかすか分からないから、生霊のほうが怖い、と聞いたことがあります」と言っていました。「何をしでかすか分からない」のはまさに彼のお母さんでした。

大学時代には、好きになって私から告白した人もいました。でも、告白したのに返事もなく、告白後も会ったら挨拶し、一緒に飲んだりする、という仲でした。彼は卒業後、故郷へ帰り、そのまま会うこともありませんでした。これはお付き合いしていた、とは言わないと思います。

彼は最近、私が結婚したことを風の噂で聞いたらしく、先日、連絡がありました。そこには「結婚おめでとう。あの時は告白してくれたのに、ちゃんと返事もしないで申し訳なかった。その後も変わらず友達として接してくれてありがとう」とありました。今頃そう言われても戸惑うばかりでしたが、これも大学時代の一ページです。

また、私は学生時代、沖縄の群青島の民宿でアルバイトをしていました。同じ時期にアルバイトをしていた男子学生と、付き合うまではいきませんが、同僚として仲良くしていたこともあります。これもお付き合いした、とは言わないと思います。

お付き合いした人たち　～社会人編

次に、社会人になってから年下の大学生と付き合いました。ところが彼に浮気をされ、おしまいになりました。彼は私がお付き合いした歴代の彼たちの中で、一番ハンサムでした。彼とお付き合いして得た教訓は、「二十五歳以下のイケメンに注意」です。この話を、非常勤講師をしている中学で言うと、皆、目を輝かせて聞いています。選挙の仕組みを教えていたら、居眠りをする子もいるんですが。

その次ですが、二十七、八歳の頃、北海道出身の彼と付き合っていました。この彼と結婚はないな、と思ったので別れました。ただ、この彼とは今も仲良くしています。入籍した夫と彼は同じゲームをする、ゲーム仲間です。

その次は、二十九歳ころから一年と少し付き合った人がいました。この彼とは、最初は「さあ、付き合いましょう」という感じでした。ところが、彼はあまり連絡もしてこないし、会いもしませんでした。こちらが問うたことにもすぐには答えない人でした。付き合う前の方が、かえって一緒に飲みに行ったりしていました。

私が彼を決定的にダメと思ったのは私の誕生日の日のことです。二十九歳の私の誕生日を、彼は普通に祝ってくれました。そして三十歳の誕生日、彼は覚えているはずなのに祝ってくれませんでした。彼は研究者タイプで記憶力がめちゃめちゃいいので、覚えていたはずです。しかも、彼は教員だったので、「忙しかった」という言い訳もできない春休み中が、私の誕生日です。

私の誕生日の日、彼は別の用事でラインしてきて、誕生日はスルーでした。彼は「私、今日は誕生日なのよ」と私に言ってほしかったらしい、という気がしました。彼は妙にプライドが高く、素直ではないので、たぶんそうだろうとピンときました。

女の三十歳ポッキリ、というのは他の人たちは祝ってくれます。今の夫も「おめでとう」とすんなり祝ってくれました。この誕生日、彼に腹が立った私は「こんな人とずっと一緒にはいられない」と思いました。彼の誕生日は二月で、その時、私はちゃんとお祝いをしました。オーダーメイド枕を作ってプレゼントもしました。だからどう、ということでもありませんが、彼にはむかつきました。

そんなこともあって、彼とは終わりました。今の夫のほうが私を大事にしてくれるからです。ラインで、「もう私からは連絡しません」と送りました。別に返事もかえってこなかったです。

その半年後、別の話題でラインがきました。「非常勤講師をクビになった」とあったので、私は「それは、お疲れさまでした」と送りました。

そのあと、何回か連絡が来ました。「授業の資料を送りましょうか?」というラインがあったので、もらえるだけはもらっておこう、と思い「はい」と返事をしたことがあります。しかし、何も送ってきませんでした。「一体あれは何だったのか?」、と思ってしまいました。

その頃、彼のテンションが変わったので、躁鬱《そううつ》かな、と思いました。

その後、しばらく音沙汰がありませんでした。彼の行動は、いつも主語が自分で、相手のことを思いやる、ということができない様子でした。彼は教員をしていた時は普通なのですが、その頃、「今は競馬と競艇しかやっていない」ということでした。

いかにも「オレって駄目だろう?」と言っているような感じでした。また、そうして陰鬱《いんうつ》な念を飛ばしてきそうなタイプだと思っています。

また、私に南西諸島研究所のアルバイト募集を教えてくれた荻野先生が、彼に仕事を融通したことがありました。それがうまくいったので、彼は「荻野先生にお礼をしたいから、先生の連絡先を教えてほしい」と言いました。私は荻野先生にそのことを伝え、「先生の連絡先を彼に伝えていいですか?」とたずねたところ、OKをもらったので彼に先生の連絡先を伝えました。しかし、彼は中々荻野先生に連絡しませんでした。失礼な人、と彼のことを思いました。荻野先生は私の恩師だし、社会人として失礼なのは良くない、と思いましたが、もう彼とは関わらないことに決めていたので、特に連絡をしませんでした。

先日(二〇二二年十月)、急にラインに連絡がありました。まず、「荻野先生に連絡しました」ときたので、「ずいぶん、遅いですね」と送りました。その次がふるっていて、「八年、付かず離れず付き合ってきた彼女と別れて一年たったので、そのご報告です」と言うんです。ハア、この人は私と彼女を二股にかけていたんだ、と思いました。そして、次のように言ってきました。

「君がこだわっていたのは、自分が八年付き合っていた元彼女のことでしょう。心の整理がついたので、連絡しました。あの時は、ごめんなさい。赦《ゆる》されることではないと思いますが、気持ちの整理がつきました。これからは一人で生きていきます」

私は「ご報告ありがとうございました。人生はいろいろなことがありますから」と送りました。しかし、「君がこだわっていたのは、自分が八年付き合っていた元彼女のことでしょう」とは何だ？　ハア？　と思ってしまいました。私はそもそも元カレの元カノのことなど知ったことではありません。なぜ急に彼の懺悔《ざんげ》の時間が発生したのか、謎は深まるばかりです。それにしても、彼のラインの懺悔は、自分の思いを私に勝手にぶちまけているだけで、あくまでも主語は自分のままでした。三十七歳にもなって、そんな彼でした。

ただ、彼のラインに「赦されることではないと思いますが」と、「赦」の字が使ってあるのを見て、「罪の意識はあるんだな」と思いました。この赦の字はたぶん彼のこだわりで、赦免や恩赦の赦なので、「ぼく、罪人です」という含みがあるのだと思いました。ただ、この赦の意味をいくつかインターネットの辞書で調べたら、「間違いや失敗を取り上げず、責めない」ともありました。彼がそこまで考えてこの赦を使ったかどうか不明ですが、今さら責める気も、相手にする気もありません。

そういえば、彼と女性がだいぶ前、終電近くの渋谷駅で手をつないで歩いていたのを見たことはあります。それが何年前だったか覚えていませんが、今頃そのことも思い出しました。

元カレの懺悔の話を研究所で中田先生にしたら、呆れた先生は「何だかその人、つまらない男ね」と感想を述べました。お茶を飲んでいた私は、思わずお茶をふいてしまいました。その次に会った時、中田先生は「私が嫌いな昭和歌謡の中に、貧相で貧乏くさいのがあるけど、その歌みたいな男。おまけに自己中だし」と言いたい放題のことを言っていました。

また、中田先生は「麗さんはとても明るくて開放的な性格なのに、何でストーカー体質の人や、鬱っぽい人と付き合うの？」と言いました。私は「私のところで日なたぼっこをしたいんでしょうか」と答えました。先生は、「なるほど、『春のうららの隅田川』みたいな名前だから、ポカポカしているんだ」と言い、おかしそうに笑っていました。そして私が「もうあの元カレのことは全然何とも思っていません。きれいさっぱり、何も思いません」と言ったら、先生は「ミジンコ一匹分くらい、思ってあげなさいよ」と意味不明な発言をしていました。

そういえば、私と別れた彼たちは、私と付き合った後に付き合った人たちと結婚しました。最初の彼も、二十五歳以下のイケメン注意の彼もです。そして、夫のゲーム仲間の彼は、私と別れた後、同棲していて、たぶんその人と結婚する、ということです。その話を中田先生にしたら、「懺悔の彼も、麗さんの次に誰かと付き合ったら結婚できるわね」と言っていました。また、「麗さんと付き合ったら、終わった後、皆、男が上がる感じ。しつこかった人は女性への思いやりが生まれ、イケメンは少し落ち着き、のん気なだけの人は思慮深くなったのかな？　男を上げるいい女だ」とほめてくれました。

私が大学時代に告白した彼が、今どうしているかは、不明です。

群青島

この島のことを知ったきっかけは、中学の時の修学旅行です。沖縄に修学旅行に行く、というのは本土の学校では時々あることだと思います。旅行では、集団で沖縄本島の戦跡や名所を巡りました。そのほか、学校ではあらかじめ、沖縄についてグループごとに学習し、離島についても調べる、という時間がありました。そして自分たちで予定を立て、離島へ行ってもいい、ということになりました。勿論、グループごとに先生がついて、引率してくれます。

私たちのグループでは、沖縄本島に近い、海がとてもきれいでダイビングでも有名な群青島について調べ、島に行くことになりました。その引率をしてくれた荻野先生は、私の母校に勤めながら大学院へ進学して博士号を取得し、今は大学の教員をしています。美人で賢く男前な荻野先生は、後に私に「あんた、そんなに沖縄が好きなら、私が研究員をしている東方大学のアルバイトになったら？　今、募集しているからさあ」と勧めてくれました。それは、ずっとあとの話です。

修学旅行で群青島に行ったら、海の美しさと島の様子に、私は強く惹きつけられました。また絶対にここに来る、ここで暮らしたい、とも思いました。なぜそんなに群青島に惹きつけられたのかは、分かりません。ただ、この島が自分にとって特別な場所だ、と思いました。

その後、大学生になってアルバイトで貯めたお金で群青島に行きました。民宿に連泊し、美しい海で素潜りをし、島のオジイが捕ってくるおいしい魚を食べ、幸せでした。社会人になってからも、長期の休みが取れる時は群青島に行きました。そして、教員免許の取得を目指していた時期、島の民宿でもアルバイトをしていました。

島で素潜りをしていると、いつも日焼けして真っ黒になっていました。私を気に入ってくれた島のオジイは漁船に乗せてくれ、普段、観光客はいないけれど珊瑚礁がよく発達しているきれいな海の方へ連れていってくれました。そこで船を停め、「さあ、潜ってこい」と言われ、潜ったりしました。そんな日々を島で過ごし、内地でしばらくアルバイトや勉強をしてまた島に行くと、「どうした。色がそんな白くなって。

病気になったか」と言われることもありました。

島の人たちは、外来者に対してナイチャー（本土の人々）とは違う、独特の距離の取り方があります。本土だったら信じられないほどなれなれしかったり、そうかと思うと急に突き放すようなことを言ったり、最初はちょっと戸惑いましたが、すぐに慣れました。繁忙期にたくさん島の民宿でアルバイトをして稼ぎ、関東に戻って勉強して1種免許を取るべく頑張る、という日々でした。

島の人たちの中には、情緒不安定で、精神安定剤を飲む人もいました。島の中で婚姻を繰り返すと血が濃くなるので、精神的に不安定な人も出てくる、という話を聞きました。

島の民宿の一家はごく普通の人たちでしたが、島の祭祀を担うノロを出す家系でした。ノロとは、琉球王国時代の神官組織の役職です。ノロになるのは女性です。琉球王国では神に近いのは女性とされていました。それで、島のノロの女性は、島の祭祀の中心となっていました。

今はたくさんの島の女性たちがノロに率いられ、神役《かみやく》（沖縄的な神に仕え、祭祀の時に役目をはたす人）となって祭祀をする、ということはありません。ただ、ノロを出した家では、かつてのノロ祭祀の中で重要な年中行事の日には拝みをしていました。島の小高い場所にある森は、聖域とされていました。島ではウタキといっています。拝みの日には、ちょっとした供物を持ってそこへ行って拝むのが、民宿の一家の習慣でした。私はこの民宿の一家と、何となくご縁があるのかな、という気がしています。

島には視える（霊視ができる）人、というか人の本音が聞こえる人がいます。しっかり仕事をしている人の本音が、「悲しい、寂しい」ということがあった、というのです。その人に「私の本音が聞こえる？」ときいたら、「分からない。麗ちゃんはふたをしている」と言うのです。それを聞いて、私はなぜか大泣きしてしまいました。

島にいたある夜、スピッている子（スピリチュアル好きの子）と一緒にいた私は、「やばい。空間が歪《ゆが》み、淀んだものが出ている」と思ったとたん、なぜか床に吸い寄せられるように倒れました。起き上がろうとしたのですが、身体が動かせません。それを見ていた子が、「大変、麗ちゃんの身体からなんか茶色のモヤのようなものがどんどん出ている」と言いました。そして、慌ててお香をたいたり、島の方言でおまじないの言葉を唱えてくれました。そうしたら、やっと身体が動くようになり、起き上がることができました。ただ、そのあとしばらくボンヤリしていました。

そのボンヤリ状態のことは、沖縄で言う「マブイが落ちた」ことだったと思います。沖縄で霊魂を示す言葉はマブイといいます。マブイは、沖縄では人によって五つ、七つ、などと個数が違います。一つ落ちたくらいなら拾って入れたら大丈夫だそうですが、たくさん落ちると生命の危険がある、と言われることもあります。子供はマブイが落ちやすく、そのため子供や孫のいるおばあさんは、昔は落ちたマブイを子供にこめる方法を知っていたそうです。

島で倒れ、しばらく起き上がれなかったことが何だったたか、私には分かりません。島でなぜかバグった（機械が誤作動するように挙動不審になった）、と今も思っています。

その後、時々妙な、フラッシュバックのような感覚に襲われることがありました。自分の幼少時代の嫌だったことを思いだし、急に悲しく辛くなったことがあります。また群青島の海で、戦争で亡くなった、悲しい思いをした人の思いが私にうつり、悲しい思いが込み上げてきたこともあります。

島から帰り、ある日、用事があって私は電車に乗りました。そうしたら、群青島のことが思い出され、「なぜ今、私は島にいないの」と思うとたまらなくなり、大声で泣きたくなりました。慌てて次の駅で降り、顔と口にタオルハンカチを押し当て、嗚《お》咽《えつ》がもれないようにし、しばらく肩を震わせ、ヒック・ヒックしていました。群青島のことが大好きなのですが、なぜそうまでなってしまったのか、全く分かりませんでした。また、東京で電車に乗った時、目の前に文字が浮かぶこともありました。

日常生活に困るようなことはありませんでしたが、時々妙な感覚におそわれる、と思うことが増えました。

ダンスと音楽

私は中高生の頃、世間並みに流行音楽が好きで、時々聴いていました。ただ、物凄く好きなバンドがあるから追っかけをするとか、歌手の初期からのＣＤを買いあさるとか、ということはありませんでした。中高生の頃は電車通学でした。混む電車に乗っている時、好きな音楽を聴きながらだと楽だったので、イヤホンで音楽を聴いていました。アムロちゃん（安室奈美恵）も聴いていました。

大学ではダンスのサークルに入りました。とにかく、踊りたかったのでサークルに入りました。その頃の友達とは、今も続いています。今までの人生で一番続いたのはダンスだと思っています。

ところで、町にはいろんな音楽があふれています。スーパーに行くと音楽が聞こえ、本屋でもデパートでも、音楽が流れていることがあります。大学生の頃、ダンスのサークルの友達と一緒に、何気ないBGMが流れているカフェにいった時、つい手が音楽に合わせて動き出しました。それを見た友達が、「あんた、何でこんなところで踊るの？」と言いました。こっちは「そっちこそ、ダンスのサークルに入っているのに何で踊んないの？」と言い返しました。

その頃からでしょうか。イヤホンで音楽を聴けなくなりました。音楽が聞こえてくると、頭の中で音楽が自立して動き回る感じになりました。音楽を聞き流す、ということができなくなったんです。スーパーの生鮮食品売り場で聞こえてくる「タタータタタタ・タタータタタタ・タタタタタータ・タタータタタタ・タタータタタタ」という音楽がエンドレスで頭の中を回り始めると、もういけません。身体がそれに反応して動きそうになるのを必死で抑える、という日々でした。三十歳を過ぎた今、うまく抑えられていますが。その話を中田先生にしたら、ちょっと意地悪な顔になった先生は、「よし、試すか？」と言いました。試されはしませんでしたが。

音は、自然音なら大丈夫です。新しい音楽を聴きたい、ということはありません。新しい、歌詞付きの曲は疲れます。歌詞がないものの方がいいです。

今は、料理をする時に、時々音楽を流すことがあります。料理は火を使ったり刃物を使ったりするので、それなりに作業に集中します。だから音楽が多少聞こえていても、そちらに気がとられすぎることはありません。

また今、お風呂に入っている時、急に大声で歌いたくなることがあります。一曲ではすまず、五曲くらい歌うこともあります。歌う歌は、アムロちゃんや、以前好きだったJポップ、中高生の頃に合唱コンクールで歌った歌などいろいろいろです。

私は二〇二二年の夏に入籍しました。入籍する少し前から、結婚予定の彼と一緒に住んでいました。私が夜の十一時過ぎ、風呂場で大声で歌うのを聞いた彼はびっくりしたそうです。そして、風呂場から出た私に「今、何時だと思っているんだ」と言いました。私は「私の美声を通りがかりの人たちに聞かせているんだ」と答え、彼をもっと驚かせました。毎日それが続くと、彼も慣れて何も言わなくなりました。

時々、急に踊りたくなる、歌いたくなる、という私です。

スピリチュアルな冒険

シャーマンと出会う

東方大学の南西諸島研究所の中田先生はシャーマンのことも研究しています。その先生の知り合いに、東京でオフィスを構えている男性シャーマンがいます。私がシャーマンに興味があることを知った先生は、シャーマンが、優しい顔の神様の絵を描き、サインをした本をくれました。

絵の神様は観音様のような雰囲気で、ちょっと首を傾けています。それを見た私は思わず、「この絵を見ていたらこうなっちゃいます」と、神様と同じ角度で首を傾けました。それを見た中田先生は、「この子、ちょっとシャーマンぽい」と思ったそうです。男性シャーマンは中田先生に、「この絵を見たあと寝たら、『夜に観音様の夢をみた』という人がいます」と話したそうです。

しばらくして、中田先生は「シャーマンのところへ、今度話を聞きに行くんだけれど、一緒に行きたいなら行く？」と誘ってくれました。「北方アジア出身のシャーマン研究者の美月先生も一緒よ」ということでした。

沖縄の群青島や沖縄本島で、ユタという土俗シャーマニズムの担い手のシャーマンの話は聞いたことがありました。また、群青島にはスピッっている友達もいます。しかし、本物のシャーマンにじかに会ったことはありませんでした。

これはどうでもいい話ですが、中田先生に「スピッっている」と言うと、「何それ、ワンコ？」という返事が必ず返ってきます。中田先生が子供の頃、つまり今から五十年かもっと前くらいの頃、スピッツという白い小型犬がはやったそうです。「白くてかわいいけれどよく吠えるお座敷犬のスピッツ」の印象が強いので、「スピッと聞くとワンコ」と先生は述べていました。

聞くところによると、先生が話を聞きに行く男性シャーマンは奄美大島出身で、正式な修行をして奄美のユタガミ（ユタ）になった人です。彼はまた、タロット占いもするし、ヒーリングもするヒーラーでもある、ということです。シャーマンの本を先生が監修したこともあり、以前からそのシャーマンとご縁があるので、時々お話をうかがいに行く、ということでした。

好奇心でいっぱいになった私は、駅で中田先生と美月先生と待ち合わせをし、男性シャーマンのオフィスに行きました。オフィスには、祭壇、白馬の置物、太鼓、壁に掛かった神秘的な絵などがありました。奄美の自然音の流れる落ち着いた部屋の様子は珍しく、思わずキョロキョロとあちこちを見回してしまいました。

ただ、ショックなこともありました。男性シャーマンが五十代で午年であると知っていた私は、自己紹介をし、「私も午年です」と言いました。そうしたら、シャーマンはホホウという顔をし、「それじゃあ、私より一まわり（干支のひと巡り、十二歳）下かな」と言いました。本当は二回り下なので、そう訂正しましたが、「私はまだ三十代なのに〜〜」と思いました。

シャーマンの話で一番びっくりしたのは、彼が高校生の時の霊的な冒険の話です。シャーマン的な高校生三人が、不思議な出来事がある場所へ行き、霊障を取り除いていった、というのです。シャーマンが三人も同じ学年にいるなんて、と驚きました。そして、三人それぞれが異なった役割を持っていた、というのです。これは奇跡のようなことだ、と私は思いました。

一緒に行った美月先生は、シャーマンの儀式を参与観察（参加しながら観察、研究すること）しに奄美大島にも行ったことがあるそうです。北方アジアのシャーマンをたくさん知っている美月先生は、本物のシャーマン、そして霊能の強いシャーマンたちをよく知っています。その美月先生からすると、このシャーマンは霊能が高く、とても優れた方、ということです。それで、シャーマンを大いに褒めていました。

シャーマンに会った後、中田先生が「シャーマンに会ってどうでしたか？」と聞いてきました。「いろんなお話が聞けて良かったですが、お腹がいっぱいになりました」と私は答えました。

また、中田先生へのメールに、「シャーマンのお話は面白かったです。私は占いもするし、沖縄の島へよく行くので、時々、友達に『ユタなの？』と言われることがあります。でも、本当のユタにお会いして、私がユタなんてとんでもない、と思いました」と書きました。後で、沖縄でタロット占いをする人の中に、「私はユタなの」と言いながら占っている人がいるのかもしれない、と思いました。

リモート鑑定会

ある日、南西諸島研究所に現れた中田先生が、「実験台がほしい」と、突然言いました。何の話かと思ったら、先生は、美月先生がリモートで北方アジアのシャーマンとつなぎ、日本で日本人を鑑定してもらった、という話を聞いたそうです。それで、そういった様子を見たいので、「研究所で誰か、実験台になる人いないかなあ」と言いました。そして、先生は研究所の事務職の私の先輩に向かい、「香山雪子さん、どう？」と言いました。雪子先輩は困った顔をし、「私はちょっと」と言いました。先生は、「何？　男出入りがたくさんあったとか？」と、教育者にあるまじき発言をしました。先輩は「そういうわけではないんですが」と言い淀みました。

先生は「実験台になってもらうんだから、お代は心配しないでください」と言いました。そして「シャーマンを研究している先生や興味のある人たちも呼びたいな。公開カウンセリングみたいにしたい。有内さん、どう?」と私のほうを見ました。

思わず、「やります」と私が言ったら、中田先生は「よし、決まり。美月先生に連絡しておくね」と言いました。雪子先輩は「大丈夫? 本当にいいの?」と心配そうな口調で述べていました。もう一人の事務職の谷山絵里さんは、自分もシャーマンに興味があるので、「その鑑定会の時、私も出ていいですか?」と先生にたずね、即OKをもらっていました。

中田先生が美月先生と相談してリモート・鑑定会の日時を決めました。研究所のその日に空いている部屋を借りることになりました。その日が近づくにつれ、私の気分はだんだん盛り上がってきました。雪子先輩は、「プライバシーゼロの鑑定なんて大丈夫?」と心配してくれました。私は「大丈夫です。芸能人になったつもりで、有内麗のすべてを皆さんに見てもらいます」と返事をしました。「麗ちゃんは若いから。私も麗ちゃんくらいだったら平気だったかな。分かんないけど」と先輩は言っていました。

私は「北方アジアのシャーマンに視てもらう、という機会はこういった時でないと一生ありません。母に話したら、『本当に大丈夫なの？』と言っていましたが、大丈夫です」と言いました。先輩は「先生がリモート鑑定の様子を書いちゃうかもよ」と言いました。私は「書いてもらって、公表してもらっていいです。それで、論文になって最後に『有内麗さんに感謝します』という謝辞を書いてもらえたら最高です」と言いました。先輩は、「もう何も言うことがない」という顔をしていました。

中田先生はシャーマン研究者やシャーマン好きな人たちに連絡したそうです。でも、鑑定会の日時が平日の午後だったので、研究所の関係者や先生たちだけで鑑定会をすることになりました。中田先生は、鑑定会の部屋を普段使っている先生のことをちょっと心配していました。「シャーマンの会なんかして、ちょっと霊的な悪いモノを置いていったら、あの先生は大丈夫かしらね」という妙な心配です。私は、「大丈夫です。あの先生は松果体（脳の中で霊能や霊力と関係している、とされる部分）が衰退していますから」と言っておきました。先生はちょっと笑っていました。

シャーマンにたずねたいこと

私は、美月先生にも中田先生にも言われたことですが、シャーマンに鑑定してもらう前、シャーマンにたずねたいことを書き出してみました。それを、二人の先生にメールで送りました。その内容は、次のようなものです。

・自分の守護霊について
・自分の先祖（祖父・祖母）は近くにいるか
・自分が沖縄に惹かれるのはスピリチュアル的な影響があるのか、ただの性格か
・自分の過去生はなにか（そもそも過去生というものがあるのか）
・自分の未来、結婚はどうなっていくか（相手のことも含め）
・自分のことを見ている天使（子供）はいるか

過去生のことですが、それを知りたくて催眠状態で過去生を知る、というヒプノ・セラピーを受けたことがあります。催眠状態に入った後、「森をイメージしてください。森の中に小屋があります。扉を開けました。何が見えますか」といった誘導に答える形でセラピーは進みました。その先は、あまりよく覚えていません。また、家族との記憶を探った時、海で荒波にのまれ、溺死した男の人、というイメージが浮かんだこともあります。これは過去生なのか、何なのか、と思いました。そもそも、過去生とは存在するのだろうか、という気がするので、シャーマンにうかがってみたいと思いました。

そのほかに、私を霊視したら歴代の有内家のペットたちが出てこないかな、とちょっと思いました。私の姉がインドでシャーマンにみてもらったことがありますが、「後ろに幸せそうなウサギたちがたくさんいる」、と言われたことがありました。何だか良い絵面だ、とそれを聞いた時に思いました。

姉はウサギが好きで、家にウサギがたくさんいたことがあります。家でつがいになったウサギ・カップルから子ウサギがたくさん生まれたこともあります。地元の広報紙に「ウサギあげます」と広告を出し、ウサギをもらいに来た皆さんに色合いで選んでもらったこともありました。クリーム色の子、茶色い子、白黒の子など、それぞれもらわれていきました。ウサギを飼っていてちょっと困ったことは、何でも噛んでしまうことでした。電気のコードや家具の脚を噛むことがあったので、そういったものがある場所は「ウサギお出入り禁止」にしました。ウサギは齧歯《げっし》類なので、噛みたくなる気持ちも分かるんですが。

ペットを飼うには大変なこともありますが、楽しい思い出もたくさんあります。今、実家には十六歳のおじいちゃんのトイプードルがいます。子犬の頃からいる子です。白内障で目も見えませんが、家具の配置などはすべて分かっているので、困らないで暮らしています。私が行くと大喜びで「姉ちゃんが帰ってきた」と迎えてくれます。おじいちゃん犬の大歓迎を受けると、実家に帰ってきた甲斐がある、と思います。いつも寝坊のおじいちゃん犬ですが、私が実家にいると、朝早く起きて私のところにきてくれます。

ウサギたち、ワンコ、熱帯魚、以前いたペットたちが、みんな懐かしいです。一人暮らしをするようになって飼った熱帯魚はすぐに死んでしまい、悲しくてしょうがなかったです。みんなに会いたいので、シャーマンに鑑定してもらったらちょっと出てこないかな、と本気で思ってしまいました。

なお鑑定の前に、私の生年月日を知りたい、と美月先生は言いました。生年月日を旧暦に変換するのだそうです。また、写真もあったほうがいい、ということでした。それらを準備し、美月先生にメールで送りました。

姉のこと

姉はフランスにおり、バリバリ仕事をしています。姉はそろそろ四十代ですが、子供が欲しいようです。時々、そろそろ最後の妊活（妊娠活動、子供が欲しいカップルがする）か、と言うことがあります。

私が姉のことをこう言うのはおかしいですが、美人の部類だと思っています。

姉は以前帰国した時、「ちょっと調子が悪いから健康診断を受けてみる。冷え性だから婦人科検診も受ける」と、健康診断をしていました。内臓には問題がないそうです。そして、婦人科検診については、フランスに行くまで結果が出なさそうだったので、「妹が一番信頼できるから、妹に結果を見せて、何か問題があったら知らせてほしい」と言っていました。その結果を見せてもらったら、「以前、流産をした形跡がある。それで、冷え性になっているのかもしれない」という所見がありました。姉は、妊娠も流産のことも、家族には一言も言っていませんでした。これにはびっくりしました。

姉は小柄で仕事ができる人なのですが、ちょっとカリカリしたところがあります。そういえば、姉を訪ねてフランスに行った時、炎上前のノートルダム大聖堂に連れていってもらったことがあります。私は有名なステンドグラスも見たかったのですが、姉は大聖堂に入ると、「ちょっとここだめ。気持ち悪くなりそうだから、外でタバコを吸いながら待っている」と言って外へ出てしまいました。私はステンドグラスを見学してから外へ出て、姉と合流しました。姉によると、キリスト教会の中には、入って落ち着くところと、長くいたら気持ちが悪くなりそうなところがあるそうです。

姉の冷え性がひどいこと、中々赤ちゃんができないことは、もしかしたら若い時の流産の影響かもしれない、このこともシャーマンに聞いてみたい、と思いました。今、日本では水子の祟り、ということが言われ、水子地蔵のあるお寺も多いです。それで、そのことが気になりました。

水子について、研究所に現れた中田先生に聞いてみました。中田先生が話してくれたのは、次のようなことです。

・昔、女性は初潮があったら結婚し、十代から人によっては四十代まで出産を繰り返し、五十歳になるかならないかで亡くなる場合も多かった。
・戦時中は、大人たちと今いる子供たちが食べるのに精いっぱいで、意図的にお腹の子をおろした女性も多かった。
・一九五〇年代、つまり戦後それほど経たない時期の民俗学の辞書には「水子（すいじ）」とある。これは流産した子を意味するが、その祟りの項目はない。その頃はたぶん、水子の祟りということはあまり言われなかったのだと思う。

・戦後、人々の生活環境が良くなった。以前より衛生的になり、食糧事情も良くなった。それで寿命がのびた。
・寿命がのびると老人が増え、老人になると足腰が弱くなる。腰や足、つまり下半身が悪くなっていくと、若い頃におろした水子のことを気にする女性たちが出てくる。
・また、そのような心につけこみ、「水子が祟る」という風説をまき散らし、お金を巻き上げようとするエセ宗教者やエセ・シャーマンが出てくる。

この話の最後のエセ宗教者やエセ・シャーマンの話になった時、中田先生は説明しながら怒っていました。そして最後に「ニセモノは滅びろ」と言いました。中田先生の論理的なような、怒っているような説明で、水子のことは何となく理解できました。

でもやはり、シャーマンに姉のことも説明し、聞いてみようと思いました。姉とは時々テレビ電話で話すのですが、「今ちょっと困ったことがあるから占ってみて」と占いを頼まれることもあります。また、姉は私に自分の恋愛体験もよく話してくれました。

そんな姉の身体、特に足がもう少し温まるにはどうしたらいいのか、とシャーマンに聞こう、と考えました。

北方アジアのシャーマン

いよいよ、北方アジアのシャーマンによる有内麗鑑定会の日が来ました。二〇二二年七月のその日、私ははじめからお休み、香山雪子先輩は午後お休み、谷山絵里さんもその時間にお休みを取りました。研究所の小さい部屋を使う予定でしたが、張り切った絵里さんが大きな部屋を取り、雪子先輩が大きなモニターを設置してくれました。

美月先生がやってきて、皆で挨拶をした後、先生は北方アジアとの通信状態を確認しました。大きなモニターにつなぐのは無理だったので、美月先生のスマートフォンに皆で注目し、鑑定が始まりました。先生はまず、参加者たちにシャーマンのお顔が映った画面を示し、「こういった皆さんたちが集まっています」と一人一人に見せました。皆、それぞれ「こんにちは」とシャーマンに挨拶をしました。

シャーマンのお顔を見た時、私はお腹から背中にかけて温かくなった感じがしました。あとで聞くと、谷山絵里さんもそんな感じがしたそうです。しかし、香山雪子先輩も中田先生も、「温かい感じとか、しなかった」と言っていました。人によって感じ方が違うのだろう、と思いました。

シャーマンは年配の男性で、お顔がふくよかでした。ちょっと布袋《ほてい》様のような感じでもありました。お顔を見るだけで安心できるような、そんな方でした。また、お話しされる声もゆったりと落ち着いた良いお声で、聞いて安心、という感じでした。美月先生の説明によると、このシャーマンは有名な仏教寺院の活仏《かつぶつ》（生き仏、徳の高い僧）だった方の妹のお孫さんだそうです。お顔は、その活仏そっくり、ということです。

シャーマンは普段、牛を飼い、牧畜業をされています。また、トウモロコシも作っています。午前中は牛の世話で忙しいので、午後、シャーマンとしての活動をされるそうです。なお、美月先生によると、この方はトランス（意識の変性状態）に入らず、通常の意識状態で霊視をする方、ということです。

シャーマンはずっと常人と変わらない生活をしていたそうですが、亡き活仏に仕えていた蛇や鳥などの精霊たちが、「活仏にゆかりのこの人をシャーマンにしよう」ということで、まずシャーマンの息子さんの具合を悪くさせたそうです。息子さんは錯乱状態になってしまった、ということです。親子は運命共同体なので、息子さんに霊的な障りが出たら、父親が心配します。

それで息子さんをシャーマンに見せたら、「父親がシャーマンになるべきだ」と言われ、最初は抵抗したそうです。やがてきちんとしたシャーマンに指導を仰ぎ、修行してシャーマンになったそうです。そのシャーマンになる儀式は、自分が尊敬している先祖の活仏の寺院でした、という話でした。そうしたら、息子さんの具合の悪いのも治った、ということでした。初めて聞いたのですが、とても不思議な話だ、と思いました。

シャーマンは鑑定の前に、自宅の祭壇に線香をあげ、守護霊に「お力を貸してください」と祈るのだそうです。

なお、鑑定会の後、中田先生は「あのシャーマンのお顔、日本の能楽師でそっくりな人がいる」と教えてくれました。その能楽師の宗家の方はいいお歳の男性なのですが、宗家には男とも女とも神霊ともつかない不思議な面が伝わっているそうです。先生はその国宝の面についての番組をテレビで見たそうですが、その不思議な面について、能楽師さんは「憑依《ひょうい》しやすい（霊が依り憑きやすい）面」と言っていた、と教えてくれました。

有内麗のシャーマン鑑定体験 1　～守護霊、結婚について～

鑑定会では美月先生がスマートフォンを箱に立てかけ、私のほうに向けました。シャーマンがスマートフォン越しに私の顔を見て鑑定する、ということです。そして、私からシャーマンにまず、自分の守護霊がどんな方なのかをたずねました。

するとシャーマンは「亡くなった女性シャーマンの霊」とまず答えました。そして次に「蛇の霊」と言いました。

「蛇！」と私がびっくりすると、美月先生は「水の霊と地霊とあわさっています、蛇だけではない、それを龍といいます。北方アジアではロスといいます。この二つの守護霊です」と言いました。

それを聞いて中田先生をちょっと見たら、蛇のイヤリング、蛇のペンダントをしていたので、「蛇だあ！」と、思わず叫んでしまいました。中田先生は、「そこ、叫ばない」と私に言いました。

シャーマンは次に「有内さんは、急に踊りたくなったり歌いたくなったりすることがありますか？」とたずねました。私が「あります。しょっちゅうです」と躊躇《ちゅうちょ》なく答えると、他の皆さんがちょっとざわめきました。美月先生は「ハアー」と嘆声をあげました。そして「もっと早く守護霊を受け入れるべきだったが時期がちょっとずれた」とシャーマンは言いました。「それで、今はちょっと不調があります。倦怠感に襲われることはありませんか？　それはシャーマン病です」と言われ、私は思わず「へっ」と言ってしまいました。

「寝ても寝てもだるいです。もっと早く気付くべきだったんですか。蛇さん？」と私が言ったら、「守護霊を受け入れないと」と言われ、「やっぱり必然だったんですね」と、思わずこの鑑定会が開かれた意義について、感想を述べました。動揺し、声が上ずってしまいました。

「有内さんのご先祖様が三代続いて国に貢献してきた。そのあとの三代は、影響力が少なかった。有内さんの代は知識人がいる。有内さんの家のお父さんは知識がある」とシャーマンが言ったので、「父の代で大学へ行って」と言ったら、美月先生は「シャーマンはそれをみている」と言いました。私は、「父はそれからサラリーマンをやって子供三人育てて。頭はいいな、と思います」と言いました。

次いでシャーマンは「縁談がありました。いろいろと恋の話もあったようですが、今年（二〇二二年）の縁談はいいです」と言われました。私は、「来月（八月）、結婚しますす」と言ったら、「順調で、お子さんに恵まれます。今年を逃すと、三十五歳以降になります。有内さんは感情が豊かで、仕事も一生懸命します。人の前を走る人で、人の後ろをついていく人ではない」ということでした。そして「出世する。課長か部長のようになる」とも言われました。

美月先生は、「今度結婚する人の前に付き合っていた人のことも、シャーマンは言っていました」と言うので、私は「はい。前に付き合っていた人がおり、結婚も考えたのですが、違和感があって私から離れました。でも、今でも仲良くしてます」と言いました。周囲の皆さんは、フムフムという感じでうなずいていました。そして私の将来の子供について、「元々、もっと早く生まれる運命だった」ということでした。また、夫となる人が二歳下、と言ったら「年上の人だったら、そちらが連れ子を連れてきたかもしれない」ということでした。

そして結婚する時期は、美月先生によると旧暦の八月、新暦だと九月から十月のあたまくらいがいい、ということでした。そしてシャーマンが「結婚するのに良い日を占おう」と言ってくれました。式はあげず、入籍するだけの予定だったので、入籍の日を選んでいただこう、と思いました。シャーマンの説明によると、「良い日を選んで結婚すると、より頭の良い子が生まれる」ということでした。

またシャーマンは「顔を見ると、両目のバランスと眉と鼻、唇のバランスがいい。

鼻の形がいい」と言うので「私！」と軽く叫び、「これは、容姿を褒められた」と内心盛り上がりました。「唇の形がいい」と言われ、「ありがとうございます！」（内心、ワーイ）となりました。そうしたら「これは、子供たちがバランスよく生まれる、ということです」と美月先生の冷静な解説が入りました。

「五人の子が生まれ、三人が男の子、二人が女の子です」と言われ、びっくりしました。「エエー」と叫んでしまいました。そして「三人の男の子はよく親を助けます。二人の女の子は適齢期になるとお嫁にいきます」と言われました。私は動揺しつつ、「まあ、健全ですよね。結婚する相手は、『自分が四人きょうだいだから、いくら子供を産んでもいい』と言うんです」と言ってしまいました。そして「待機しているのが五人ですか。待機児童が後ろに五人だ。ぼく、生まれていいよって、待っているんだ～～」と叫んでしまいました。美月先生は「日本は少子化なので、日本のために頑張ってください」と、ちょっと意味不明なエールをくれました。

美月先生によると、北方アジアでは「子供が二十二人の運命」と言われた人もいるそうです。さすがにその女性は二十二人も子供を産んだのではなく、流産したり、おろしたりした子も多いので、そういった数をシャーマンに言われたそうです。

そして、私が午年、結婚相手は申年、と告げたら「猿は馬を養う、という言葉があります」と美月先生は言い、シャーマンは「この猿（結婚相手）はよく気が利く、何でもできる。有内さんをより良くする」と言ってくれました。それを聞き、「家に帰ったら、裁縫をしていたこともあります」と言いました。

シャーマンは「申年、黒い申だ」と言いました。干支に色があることを考えたこともなかったので、「ホー」と思いました。そして、結婚の良い日は、シャーマンから美月先生に伝えておく、ということでした。

有内麗のシャーマン鑑定体験 2 ～群青島との縁～

次に私は、「実の祖父に会ったことがないので、気になるんです」と言いました。シャーマンは、「幼い時、祖父母にかわいがられた。祖父母は『いつ結婚できるか？』と心配しているが、守護霊ではない。祖父母の数が普通より多い。結婚して幸せになってほしいと思っている。結婚したら、報告してください。捧げものをして、報告してください」と言いました。

次に私は「女性シャーマンの守護霊とはどういった方ですか？」とたずねました。シャーマンは、「それほど遠いご先祖様ではない。三代前くらい。ひいおばあちゃんくらいだ。守護霊を受け入れることを決めたら、夢で教えてくれる」と言いました。また、「蛇の霊について気になります」と言いました。シャーマンは「東の方角からやってきたロスだ。ロスのために、亀の肉を食べたらだめだ」と言いました。「アッ、島に行ったら今は亀を表立って食べる人はいないですが、気を付けないと冗談で食べさせられるかもしれないから」と私は言いました。

シャーマンは続いて、「海の幸で、小さいものを食べてはいけない。食べるなら大きいものがいい。海から取り出した小さいものは、小さければ小さいほどよくない。それによって症状が出て、障りが出たら治らない」と言いました。私は思わず、「かき揚げー！」と叫びました。「小エビのかき揚げやシラス干しなど、海から取り出した小さいものが大好きなのに、もう食べられないなんて何てことだ」、と思いました。

しかも、「障りが出るだとー」とも思いました。

ちょっと気を取り直し、「私は海の群青島が好きで、沖縄が好きです。結婚する相手もルーツが沖縄なので、沖縄の姓です。何かこのこととスピリチュアルなことは関係があるのでしょうか?」とたずねました。シャーマンは、「守護霊が前世、そこで修行したことがある。だから、有内さんに来てほしいと思っている」と言いました。私は「夫の故郷と私の故郷は離れています。夫の故郷は沖縄なので、群青島に近いのですが」と言いました。美月先生は「夫の先祖の話かもしれません」と言いました。

シャーマンは「今の彼と有内さんはとてもいい運命を持って生まれてきている。彼は少し短気だが、有内さんがすぐ許し、仲良くなる。怒ってもすぐ直る。仕事で出世する。有内さんは役目を背負って仕事に取り組む。彼もそうだ」と言いました。

私は「守護霊を受け入れるのが遅く、不調になったというが、これからどうしたらいいのでしょうか?」とたずねました。シャーマンは「守護霊は力があり、頭がいい。旧暦の八月に日本のシャーマンを探して弟子入りするといい。守護霊を受け入れると生活にも身体にもいい。受け入れないと不調になる。普通の時に歌ったり踊ったりするのだから、受け入れるのは早い。守護霊がすぐに口を開くだろう。受け入れないと不調が続くが、それを追い払ったり切り離したりするのはだめだ。受け入れないままにしたほうがいい」と言いました。

そしてシャーマンは「有内さんはまじめで育ちが良く、礼儀正しい日本人です」と言い、私は思わず「よく言われます」と言ってしまいました。

有内麗のシャーマン鑑定体験 3 ～姉について～

私は次に、気になっていた姉のことをシャーマンに聞いてみよう、と思いました。姉はフランスにいます。いつも少しずつつまずき、うまくいかないところがあります。

私はシャーマンに「姉のことを聞きたい」と言いました。シャーマンは「写真がない。情報がない」と言いました。私が姉の生年月日を言ったら、美月先生が旧暦に直してくれました。私は自分のスマホに姉の写真が入っているので、それを出してシャーマンに見せようと思いました。しかし、電波の状況が悪く、うまくシャーマンに写真を見せられませんでした。

シャーマンは生年月日を聞いて、「お姉さんは有内さんより少し小さい」と言いました。確かに姉は、私より少し身長が低いです。ついでシャーマンは「お姉さんは下半身が冷たい。膝から下が冷たい。これは赤ちゃんの障りで、赤ちゃんの魂を満足させなかった。気持ちが落ち着かず、悪夢をみる」と言いました。

私はシャーマンに、「姉がいつ流産したか、家族にも分かりませんが、そうしたことがあります。いつも何かに怒っています」と言いました。

シャーマンは治療法として、「足の痛みは科学的な治療が必要だ」と言いました。そして、「赤ちゃんの写真を撮って、その子の名前を書いて枕の下に入れて眠ると悪夢がとれる」と言いました。

シャーマンは私に「お姉さんは病気になっているから、科学的な治療が必要だ」と言いました。そして、「霊的なことだと赤ちゃんの障りが原因だ。赤ちゃんの霊は子供として生まれたかった。その赤ちゃんの不満が残っている」と言いました。

またシャーマンは、「妊娠、出産をすると、北方アジアでは子を産んだお母さんも赤ちゃんと同じように、大事に扱われなければならない、という。生まれた赤ちゃんと同じようによく静養し、身体に気を付けなければいけない、といわれるが、お姉さんはそれをしていない」と言いました。

私は、「そうだと思います。家族の誰も姉が若い時にそんなことがあったのには気付いていないですから。ああ、姉のことを考えていたら、足がつったように痛くなりました」と言いました。本当に、足がジーンと冷え、つったようになりました。

シャーマンは、「お姉さんは長期の科学的な治療が必要だ。しかも、病気は時間が経てばたつほど、長い治療が必要になる」と言いました。私は、「姉の膝から下の痛みは、放っておくとリュウマチになる、と言われています」と言いました。

「このくらいにしますか」と、中田先生が言ったので、鑑定会はお開きになりました。皆それぞれ、美月先生の画面ごしにシャーマンにお礼とお別れの挨拶をしました。

こうして、私の最初のスピリチュアルの冒険は、めでたく終了しました。

シャーマンの話してくれた姉のことは、なるほどと思うことがありました。しかし、それをどうやって姉に伝えるのか、考えてしまいました。姉は年中、冷えにきく漢方薬を飲んだり、靴下をたくさんはいたりしています。それでも温まらないそうで、困ったものだと思っていました。姉の問題は簡単には解決できない、と今日のシャーマンのお話で思いました。

また、鑑定会のあと、フランスの姉とテレビ電話で話をしました。そうしたら、姉は「今日、足がつってしょうがなかった」と言いました。鑑定会で私も足がジーンと冷え、つったようになったのを思い出し、ちょっと冷汗が出ました。

その話を美月先生にしたら、「シャーマンは有内さんとお姉さんを同時にみているので、そういった共時的なことが起こる場合あります」と教えてくれました。姉と私のつながりの深さと、シャーマンの霊能の不思議さを改めて感じました。

シャーマン鑑定を体験して

鑑定会のあと、中田先生から感想を聞かれました。私は次のように答えました。

「通訳と解説をしてくださる美月先生に対する安心感や信頼感もあり、北方アジアのシャーマンに鑑定していただくのは良い機会だと思いました。鑑定してもらっている時、良い意味での緊張感がありました。新しい世界に冒険に出るような気持ちで、不安はありませんでした。鑑定してもらった後は、前向きな気持ちになりました。

姉のことを聞いた時はちょっと驚きました。スマートフォンごしに写真を見ることもできず、生年月日だけで分かるなんて。姉の身長は確かに私より低く、下半身は冷えています。私がフランスに行った時、ノートルダム寺院に連れていってもらいました。その中にはいられない、と言ってすぐ外へ出てしまいました。姉は、『教会は落ち着くところとダメなところがある』と言っています」

また、私がもうじき入籍する彼は、「シャーマンに鑑定してもらってどうだった?」と聞くので、「もしかしたらシャーマンになるかもしれない」と言ったら少し顔が曇り、「ちょっと冷静になろうか」と言っていました。彼はまた、「五人の子供たちか。いいじゃない。産もうか。男三人、女二人、順番はどうなるかな」と子供が生まれる順番を考えたりしていました。

私の母の母、つまり祖母は霊的感受性があったようです。祖父は六十代で亡くなりました。お酒が好きで、飲んだくれ、あまり家にも帰ってこなかったようです。母の夢には祖母が白と金の着物を着て出てきた、と言っていました。また、フランスにいる姉がインフルエンザになって高熱を出していた時、祖母が来て「ちゃんとふとんを掛けなさい」と言って、ふとんを掛けてくれたことがあったそうです。祖母は信心深く、踊りもしていたそうです。シャーマンに鑑定してもらったら、少し上の世代のことや、家族のちょっと不思議な話も思い出しました。

なお鑑定会に同席した谷山絵里さんは、鑑定会の後、はじめて研究所に現れた中田先生に、「先生、あの時に蛇のアクセサリーをしていたのは、何かを感じたんですか?」と興奮気味にたずねました。先生は「そんなことあるわけないじゃない。あの日はたまたま蛇の気分だっただけよ」と言いました。そうしたら絵里さんは「蛇の気分ってあるんですか?」と言い、先生は「そりゃありますよ。お花の気分とか蝶の気分とか」と言いました。絵里さんは、「お花は分かるんですが、蛇の気分って」と言い、先生は「もういい、もういい」と手をパタパタさせ、この話は終わりました。これは余談ですが、先生は亀の気分や魚の気分、鳥の気分の日もある、と後で言っていました。

また、絵里さんは「有内さん、すごい。子供が五人なんて」と言いました。私は、「五人を一人ずつ産むのは大変だから、五つ子でもいいかな。そうしたら、神奈川に中古の一軒家でも買って、夫は働きに行ってもらって、私は五つ子ユーチューバーになる。『今日はこの子とあの子がケンカした』とか『今日はあっちの子が初めて立った』とか発信するの。それで、ベビー服や子供用品の大手とタイアップして再生回数をのばしてもうける。すごい、私って天才！」と言いました。絵里さんは呆れ、「有内さん、そっちなの」と言いました。

シャーマン鑑定同席者の感想

香山雪子先輩は、シャーマンのところへ行ったことはないけれど、関心があるので鑑定会を見学したい、ということで鑑定会に同席しました。

数日後、「全面的に肯定する、という感想でもないいんですが」と言いつつ、鑑定会の感想を話してくれました。中田先生は、「いろんな人のいろんな見方を聞くと、勉強になるから。何だっていいんです」と言いました。そういえば、中田先生の口癖は「何だっていい」と、「細かいことは気にしない」だ、とその時に気付きました。

香山雪子先輩は、次のように言いました。

「最初の麗さんの鑑定の時は何とも思いませんでした。結婚して子供をたくさん産み、子供たちがうまく育ち、シャーマンもやって、仕事でも大出世するなんて。一人の人間の人生でそんなのムリムリ。大出世して課長や部長になるんなら、この研究所に勤めていないで、どこか出世できる職場に転職しなきゃ、と思っていました。人生設計としてはおかしい。どうやったらそんなことが達成できるの。その方法を教えてくれ、なんて思いました。それで、ちょっとボーッとしてしまい、眠くなりました。

また、注意することで、小魚がダメだとあとで言うなんておかしい、と思いました。守護霊が蛇、という最初の時点で言うべきだ、と思いました。冷静に聞いていたと思います。

ただ、お姉さんの話になったら集中して聞きました。『これが遠隔でできるんだ。

すごい』と思いました。情報が少ないのに、どうしてそんなに分かるのか。科学的には解釈できず、論理もない。理屈ぬきにすごいと思いました」

私は雪子先輩の感想を聞き、クールな先輩らしい、と思いました。確かに、シャーマンに鑑定してもらった私が自分の未来について子供が五人と言われてビックリだったし、出世と言われてもどうするか見当もつきません。なるほど、と思いながら先輩の感想を聞きました。

中田先生は、雪子先輩の感想を面白そうに聞いていました。そして、「眠くなりました、という話を神女《しんじょ》祭祀がらみで聞いたことがあります」と言って、こんなことを教えてくれました。
・沖縄県宮古諸島の宮古島のある集落の神女祭祀は、以前、神女たちも多く、祭祀組織がしっかりしており、上位の神女は下位の神女を下役として扱っていた。組織に入って一年目の女性は、祭祀に出ると眠くてたまらなかった。先輩たちは「慣れないから」とか「夜に聖域にこもるから」と言ったが、尋常ではなく眠かった。

・祭祀に出ない時期、一年目の女性がシャーマンのところに行って、その理由をたずねてみた。そうしたら、「あんたの祭祀組織の先輩の守護霊は、あんたの守護霊より霊格が低い。あんたの守護霊は、自分の守護している人間が、霊格が低い守護霊が守護する人間に指図されるのが嫌なんだ。だから、あんたを眠らせる。指図されないようにね」と言ったそうだ。

中田先生は「香山さんの感想を聞いていたら、宮古島の神女祭祀の女性の話を思い出しました。香山さんの守護霊の霊格が、北方アジアシャーマンより高かったのかもしれないし、シャーマンと合わなかったのかもしれないし」と言いました。

雪子先輩は、「そんなに上から目線でいいんでしょうか？」と先生に言ったら、先生は「何だっていいんです」と、いつものセリフを述べました。

またシャーマンの巫儀《ふぎ》の時、眠くなる人がいることを、美月先生は教えてくれました。美月先生は、次のように書いたメールをくれました。

「シャーマンのところに来たり、シャーマンとつながっている場で、眠くなる人が見られます。シャーマンのところに来る前、眠れなくて不眠症で苦しんでいた患者さんがぐっすり寝てしまうことがあります。それは、霊的な解釈がされます。『その場で安心しました。ほっとしている。癒されているから』など言われます。

また、お坊さんのお経を聞く会の時も眠ってしまう人がいます。今、北方アジアで展開している、シャーマン的な治療者の話を聞いて病気を治す治療中にも、よく寝てしまう人が見られます。それについて、治療者はとてもいいことだと評価していま す」

このように、シャーマンの巫儀と不思議な眠り、あるいは眠くなることは関係があるようです。雪子先輩が眠くなったのは、まさにシャーマンとつながっていた場なので、美月先生の話を聞いて、私はなるほどと思いました。

また、私の守護霊がシャーマンのいうロスで、蛇であり龍であるもの、という話があったのですが、香山さんは「守護霊が蛇だから、小魚を食べてはいけない、と先に言うべきだと思いました。守護霊の話題が出た時点で、セットで『守護霊はこれだから、これを食べるべきではない』と言えばいいじゃないか、と思いましたと言いました。

それを聞いた中田先生は、「以前、シャーマンから聞いたことです」と、シャーマンが話してくれたことを言いました。

・普通の人は、レモンを食べたら酸っぱいと思う。また、悲しいことがあったから涙が流れる、と思う。しかし、シャーマンである私の感じ方は違う。まず、「酸っぱい」と思う。その次に私は「酸っぱいものは何だろうか」と考える。そして、「ああ、これはレモンだ」と思う。また、「涙がこみあげる」とまず思う。その次に、「ああ悲しい」と思う。次に、「なぜ悲しいんだろう」、「これは誰の悲しみだろう」と考える。そうすると、その悲しみが向かい合っている人が心にしまっている悲しみか、その人に関わる霊の悲しみかが分かる。

・霊の存在を感じるシャーマンとして、「悲しい。寂しい」と思う。その次に、「風が吹くだけだ。ここに一人でいる。ここは私がいるべき場所ではない」と思う。それは、孤独な霊が救いを求めていることかもしれない。その霊がしかるべき場所、つまり霊の世界に行けるように働きかけて祈るのが、シャーマンの役割だと思う。これは救霊と言っていいのかもしれない。

中田先生は、「シャーマンの感じ方は論理的ではなく、むしろ論理がさかさまになったようなところがあります。香山さんの感想はその通りだと思うし、シャーマンの言い方も私にはなるほどなので、どっちも面白いですね」と言っていました。そういったものなんだ、と私は思いました。

シャーマン鑑定体験　後日談　～結婚の日取り

シャーマンによる鑑定会の後、アルバイト先の研究所は大学の夏休みもあって、人の出入りが減りました。私と彼は入籍を八月十二日に行おうと思っていましたが、シャーマンが良い日取りを選んでくれるなら、その日に入籍しよう、と思っていました。

私は八月七日に、非常勤講師をしている学校の夏の課外学習の引率の一員として、長野県の白馬へ行きました。白馬に着いたら、美月先生からメールが来ました。そこには、「北方アジアのシャーマンが結婚日をみてくれたところ、明後日の九日、旧暦の午の日が良い、ということです。日にちが迫っていますが、いかがでしょうか。何かご相談がありましたら遠慮なくどうぞ」とありました。

エッ、ここは長野だし、入籍は無理、どうしよう、と思って動揺してしまいました。それで、美月先生に、「今は長野にいるので入籍はどうしても十一日以降になります。せっかくみていただいたのに残念です。幸い、夫となる者が一緒に学校行事に来ております。お伺いしたいのですが、例えば、入籍をしなくても八月九日に一緒に祈るなど、入籍にかわる『夫婦になります！』と言えるような幸運につながる行いはありますか？　お忙しいところ恐縮ですが、なにか思い当たりましたらご教示いただけますと嬉しく思います。縁起の良い日に、夫となにかできればと思っています」というメールを出しました。

そうしたら、美月先生からその日の夜中、「日にちが迫ってきているので、象徴的に何かが……と自分も思っておりました。今、未来のご主人様とご一緒にお出かけされているのはいいことですね。八月九日がご一緒にいられることもシャーマンから見ればいいことだと思っております。はい、ご質問どうもありがとうございます。明朝シャーマンに伺いたいので、少々お待ちくださいませ」というメールがありました。

翌朝、美月先生から長いメールをいただきました。シャーマンのお言葉が書いてありました。それは、次のようになっています。


「入籍日を、ご要望があれば改めて、見てあげます（吉日の選択をしてあげます）。新暦八月九日（旧暦七月十二日、午の日）に結婚吉日として、旅の途中ですが、次のことをされるのが良いです。北方アジアのシャーマンの故郷のしきたりで行います。
・儀式の際、男性は右側で、女性が左側です。
・儀式は、男の方の主導で行います。

・山の中の場合、外（山の中）で行います。それは一番理想的です。
・南の方向に向かって行います。
・供物の後ろで行います。
・時間：朝方七時か午の時間（午前十一〜午後一時の間）でいいです。

①神々にお酒と牛乳を捧げます。
男の方はお酒をお持ちになり、女の方は、牛乳をお持ちになります。八方に向かって、お酒と牛乳を撒き散らして捧げながらご主人様は、次のようなお祈りになります。

『天の神々、仏様たち、土地の神々、地方の神々に祈りを捧げています』
○有内さんのご主人：本日は、（旧暦＝太陰暦）七月十二日で、子孫である○○は、この方（有内さん）と結婚して、子宝を儲けて、生涯を共にしますので、どうぞ見守ってくださいませ。

②次に、ご先祖にお供物を捧げます。
現地の人は、結婚式を挙げた日の夜にご先祖にお供物を捧げます。有内さんの場合は、朝方の七時でもいいし、午の時間でもいいです。
○そして、夫婦揃って跪《ひざまず》きながら次のように言います：黒い髪の毛を破った（結婚した）、皇帝なる天の神に跪いて拝みました。生涯一緒に仲良く幸せに過ごす、と誓います。
（黒い髪の毛を破った、という意味は、女性が髪の毛を左右に分けた、ということです。女性は髪の毛を結婚の日に初めて分けます。髪の毛を破ったというのは、結婚したと言う意味でもあります。また、天の神を拝むのは、結婚式の行事です）

お供物は、現地では、儀式の後、焼いて送り届けるという習慣がありますが、日本でそれはできないので、暫くそのままにして、回収しても大丈夫です。

供物の内容：

・二種類のお料理に二種類のお肉が入っています。
・主食は、お米でもいいし、パンでもいいし、おそばや饂飩《うどん》でもいいです。主食と合わせて、素材五種類が備わっていることが大事です。お料理のお野菜の種類は問わないです。二種類の料理に含まれる二種類のお肉＋主食の五種類です。

③当日お聞きになると良いお経をシャーマンがスマホに送ってくれました。こちらからすぐお送りいたします。

ご不明点がございましたら、いつでもどうぞおっしゃってくださいませ」

この長くてご丁寧なメールに、私がやっと返信できたのは夕方になってからでした。私は次のようなメールを美月先生に送りました。

「とても丁寧にご連絡、ご説明くださってありがとうございます。標高二七〇〇メートルの山の上ではメールを送るのがやっとです。お経は東京に帰ってからでも、ぜひお聞きしたいと思っています。

明日はまだ、学校行事の途中ですので、夫となる者とできる限りのことはやろうと考えています。お供え物や、お酒、牛乳、五種のご飯などは揃わないので、誓いだけでもできれば良いなと思っています。

入籍は、元々の予定日で、行事から帰ったらすぐにしようと思っています。新しい吉日を伺っても互いの予定がなかなか合わず、もどかしい思いをしそうです。今回シャーマン様に聞いていただいた日にできる限りのことはして、それで良いかな、と思っております。

それにしても、現地の誓いの儀式の内容もとても興味深く勉強になります。供物に牛乳など、北方アジアならではなのかなと思いました。たくさんの情報をいただき、大変感謝しております。ありがとうございます」

その夜、美月先生から「山の中で、お供えものは、難しいことはその通りですが、その時間に誓いだけでも、お気持ちが通じると思っております。有内さん、素晴らしい。すべてが心です」という心温まるメールをいただきました。

そして、東京へ戻り、入籍した八月十二日、私は次のようなメールを美月先生と中田先生に送りました。

「こんばんは。山から東京に帰ってきて、バタバタしながらですが本日入籍しました。思い出してみれば、今日、八月十二日は沖縄で私が何かと縁のある群青島で、お世話になっているオジイの誕生日。同じく私を群青島に強く誘った、縁ある島の人の誕生日。そして今年の沖縄は、今日からお祭りで大盛り上がりなのですね。全く意識はしていませんでしたが、沖縄との縁をまた感じました。

今日は台風の影響もあって、晴れのうちに家を出たつもりが、雨でした。晴れているのに雨、私の知識があっていれば、狐の嫁入りというやつでした。一日の天気が狐の嫁入り、というのも大変珍しいので、私は狐か、とちょっと笑いそうになりながら、役所へ向かいました。

先日の旧暦七月十二日（午の日）には、気持ちだけでもと、夫と夫婦円満を祈りました。いろいろと素敵なメールやお知恵をいただき、ありがとうございました。こうして気にかけていただき、大変嬉しく思います。温かく楽しい家庭を築きたいと思います」

その後、私はなぜシャーマンが急に結婚の日を教えてくれたのか、気になりました。美月先生に聞いたら、「シャーマンが有内さんのことを気にかけてくれていたのだと思います」と言いました。中田先生は、「白馬、という場所のせいかもしれませんね」と言いました。先生は続けて、「白馬は地名だけれど、白い馬は神様が乗る馬です。神格化された人も白馬に乗ります。その聖なる馬の地名は、とにかくおめでたいと思います。だからシャーマンに祝福の感覚がまず来て、次に午年の有内さんの結婚の日、となったのかもしれません」と言っていました。現地のシャーマンが、白馬にいる私と彼の結婚の日を教えてくださったことを、私は心から嬉しく思いました。

中田先生は、「引率した生徒さんたちの前で、北方アジア方式の結婚の儀式をしたら良かったのに。学校の夏の課外学習の歴史に残ったと思うけれど」としょうがないことを言っていました。

谷山絵里さんの不思議な体験

大学での私のシャーマン鑑定会の前半に、研究所スタッフの谷山絵里さんが同席しました。絵里さんは小さいお子さんがいるのでいつも午後四時になると帰っていきます。保育園のお迎えに間に合うように、ということです。シャーマン鑑定会の時も、お迎えの時間にあわせて帰っていきました。

絵里さんは、中田先生によると、「結婚して赤ちゃんが生まれてすっかり元気になった」ということです。絵里さんが言うには、「子供を産んだら厄が落ちるといいますが、本当に厄が落ちました。独身の頃は冷え性だったのに、今はいつもポカポカしています」ということでした。絵里さんはシャーマン鑑定会に興味を持って同席してみて「このメンツなら大丈夫、私もみてもらいたい」と思ったそうです。

中田先生は、「以前の絵里ちゃんは、北方アジアのシャーマンに鑑定してもらおう、とか思わなかったんじゃないかな」と言っていました。

谷山絵里さんは北関東の出身で、色白の女性です。ただ、目が二重でパッチリと大きく、もし色黒だったら沖縄の女性と勘違いされそうな顔立ちです。絵里さんは大学と大学院時代、琉球文学や民俗について学び、民俗映像を撮影する監督と一緒に南西諸島のあちこちを回ったこともあります。沖縄の文化に詳しい絵里さんは、私にはとても頼りになる同僚です。

絵里さんはまた、ちょっと不思議な体験もしています。絵里さんは、子供の頃から、時々金縛りになることがあった、と話してくれました。また大人になって眠りが浅く、困ったので瞑想をしてみたこともあったそうです。また、進路に迷った時、霊能力があある、という噂の整体の先生にかかったこともあったそうです。

また、南西諸島の島々の聖域に行くと、時々ゾクゾクした感じになる、という話もしてくれました。その話を絵里さんが中田先生にしているのを聞いていたら、絵里さんは、「先生も聖域によく行きますよね。ゾクッとしたり何か感じませんか?」とたずねました。先生は「私は零感《ゼロかん》だから、何も感じないの。感じていたら論文は書けないです」とキッパリ断言していました。

絵里さんがゾクゾクする聖域は、有名なパワースポットではなく、小さな島の聖域や、ひっそりした所にある聖域なのだそうです。

「そういった所に反応するのは本物よ」と、中田先生は述べました。その理由を中田先生にたずねたら、先生は次のように言いました。

「有名なパワースポットは今では観光地になっている場所も多く、大勢の人たちが出入りします。勿論、そこで祈願する人たちもいますが、本当に自分にとって必要だからそこで祈願しているかどうかは、分かりません。小さな島やひっそりした場所の聖域で祈る人は、集落や家族のことを地域に密着した神に祈っているので、その祈りは心からのものです。そういった祈りの心は、目には見えないけれど、時空を超えてその場所に積もっている、と私は思います。そういったものに反応するのは、霊能がある人だと思いますよ。それを本物というの」

そして、絵里さんは大学時代、初めて沖縄へ行って沖縄本島の近くの離島の海辺のお宅に泊めてもらった時、沖縄の精霊、キジムナーにあった、と言っていました。キジムナーはガジュマルにすむ、とされる赤毛の男の子のような姿をした精霊で、時々人間に目撃されます。悪さをする、と言っても人を金縛りにするくらいです。絵里さんは夜、寝ていて久しぶりに金縛りになったそうです。ただ、嫌な感じはせず、身体を動かせないだけで意識はあったそうです。翌朝、お宅の人にその話をしたら、「あぁ、それはキジムナーだ。時々そうなる人がいるんだ」と言われたそうです。ちなみにそのお宅の近くにはガジュマルの大木があったそうです。

中田先生は、「若くてかわいい純粋な子が来たから、キジムナーはナカーマと思ってやってきたんでしょう。よくある話です」と言いました。

絵里さんによると、「一緒に行った女性は明るくて元気でよくお喋りをする人です。そちらは何も感じず、私はこんな風だから感じてしまいました」と言いました。中田先生は、「明るく元気な人は、実は霊的なものを弾いているのかもしれません。そういったものを遮断する人もいるので、それはそれで自分を守る霊能かもしれませんね」と述べました。

中田先生の沖縄出身の知人の女性のお父さんは作家だったのですが、お父さんがキジムナーの本を書いていた時、彼女のお兄さんたちは、よくキジムナーに押さえつけられたそうです。それはつまり、夏休みで中高生くらいのお兄さんたちが昼寝をしていたら、軽い金縛り状態になり、身体を動かそうとしても動かせず、でも意識がある、というふうにたびたびなったそうです。これは、絵里さんがキジムナーにあった時と同じです。

お父さんは、息子たちがキジムナーに押さえつけられた話を聞くたびに、「ほら、お父さんがキジムナーの話を書いているから、キジムナーがいたずらに来るんだ。面白いな」と喜んでいたそうです。

絵里さんの話を聞いた中田先生は、「絵里ちゃん、霊能高いと前から思っていたけどやっぱりね。顔にかいてあるから」と言いました。絵里さんは「顔にかいてあるんですか?」と顔に手をやっていました。先生は、「霊能は顔に出る」と明るく述べていました。

シャーマン鑑定　1　～谷山絵里さん（三十代）

絵里さんがシャーマンにみてもらいたい、と思ったのには訳があります。絵里さんとダンナさんは、近いうちにご自宅を新築するそうです。土地も大体決めているそうです。家を建てるのは大きな買い物なので、シャーマンにみていただきたい、ということです。また、お子さんが一人いて、二人目を考えているが、どうだろうか、とも思っているそうです。私がみていただいたシャーマンなら、きっと良いお導きを下さる、と思ったのでみてもらおうと思った、と絵里さんは言っていました。

中田先生から美月先生に鑑定を頼んでもらい、谷山絵里さんが北方アジアのシャーマンに鑑定してもらうことになりました。その鑑定の日、私は同席できませんでしたが、中田先生から様子をうかがったので、見てきたようにその様子を語ろうと思います。

絵里さんはあらかじめ、シャーマンに自分の生年月日と写真を美月先生を通して送りました。写真は絵里さん、ご主人、お子さんが皆で写っている家族写真で、絵里さんが実家に里帰りした時に撮ったものだそうです。美月先生は、「すてきなダンナさんとお子さん。良いご家族写真ですね」と言っていました。美月先生は、絵里さんの生年月日を旧暦に直し、シャーマンに伝えました。写真も転送したそうです。

鑑定会の当日は、研究所の近くの喫茶店の会議室を借りました。そこに絵里さん、美月先生、中田先生、中田先生の夫で、タブレットで鑑定会の様子を撮影する記録係の千春さんが集まり、鑑定会が始まりました。

皆で美月先生のスマホごしにシャーマンにご挨拶しました。シャーマンは、「この間とは場所が違うようだ」と言われました。この間、つまり私の鑑定会は研究所だったので、場所が違うことをまず言われました。美月先生は、「研究所が今、夏休みなので別の場所で鑑定会をしています」と言いました。次いでシャーマンは、中田先生と千春さんの干支もたずねました。先生と千春さんは、「私たちまで?」と言いながら干支を美月先生に伝え、美月先生はそれをシャーマンに伝えました。

シャーマンは中田先生を「黒い寅」、千春さんを「青い午」と言いました。そして、絵里さんを「黄色い辰」と言いました。「干支の色は、それぞれ運命と関わる」、と美月先生は教えてくれました。中田先生は、「干支のことは何となく理解しているつもりだったけれど、色もあるんですね。参考になります。黒い寅、青い午、黄色い辰、何だかかっこいい」と喜んでいました。そのことを話してくれた時、中田先生は「黒いトラ、というとブラック・タイガーで、魚屋さんで売っているエビの銘柄のようだ、とあとで思ってしまった」としょうがないことを言っていました。

絵里さんは家を建てる予定の土地の写真を撮っていました。「土地のことをみるなら、写真があったほうがいい」とシャーマンが言ったので、絵里さんが土地の写真をシャーマンに見せました。シャーマンは「家のことで何かを始めるなら旧暦の十五日がいい。象徴的にその日に何かしたほうがいい」と言いました。満月の日に始めるといいということか、と思いました。

シャーマンは土地の写真を見て、「家は土地の中心に建てるといい。両側はあまりよくない。東の方角に少し広く建て、西の方角に空間を残すといい」と言いました。

美月先生は、「北方アジアでは土地の地勢をみます」と話してくれました。

次いでシャーマンは「夫が自分のやりたいことを強調したら、夫のやりたいようにさせなさい。夫は思いが強く、それを通す人だ。そして、運をつかむことができる強い人間だ。夫は寅年で、寅年の人は土地と強く結びつき、運も強い」と言いました。

絵里さんは次に、「二〇一七年の十月に亡くなったお父さんのことを聞きたい」と言いました。絵里さんのお父さんは、一九六一年生まれの丑年で、生きておられたら二〇二二年、数えで六十二歳になった、ということです。シャーマンは「白い丑で、運命は三つのホクロを持つ」と言いました。そして絵里さんのお父さんについて、次のように言いました。

「お父さんは、このような亡くなり方をする人ではない。急に亡くなった。天寿を全うしていない。お父さんは短気のようだが、自分の意志が強く、努力家で仕事人間だ。意志強く生きた。ケンカか、障りか、両方か、があって、『死にます』と言ってしまった。その言葉が良くなかった。言葉が出る時、普段は慎重に話すのに、後ろから引っ張りお父さんに言わせた。その言葉を発したから、障りとなった。口ゲンカが起こって障りが重なり、お父さんにそう言わせた。その言葉の力が強くて、そういう結果になった」と言いました。

美月先生は、「日本には言霊《ことだま》信仰というものがありますね。良い言葉を発すると良いことが起こる。悪い言葉を発すると悪いことが起こる、というものです。シャーマンはそのことを言っています」と言いました。

シャーマンは次いで、「お父さんは誰かに頼ろうとはしない。自分の力で強く生きた人間だ」と言いました。そして「お父さんは孤児だったのか？　祖父母が早めに亡くなったのか？　その場合は運命だ。そうではないなら、口から出した言葉のせいだ」と言いました。

絵里さんは「父は無口でした。その父が口から出した言葉で縛られてしまったのですか。私もそうかな、と想像してしまいました」と言いました。

シャーマンは「その通りだ。お父さんは意志が強く、自分がやれば頑張れると思っていた、と思う。意志の強い人が言ってしまった。それは残念だ」と言いました。

絵里さんは「残された家族としてできることは何でしょうか」とたずねました。

シャーマンは「お父さんのこの結果は残念だ。しかし、急死したお父さんへの執着は良くない。定期的な供養が大事だ」と言いました。

この時、美月先生は小声で中田先生に、「絵里さんのお父さんはどういった亡くなり方をしたんですか?」とたずねました。中田先生は、「バイクに乗っていて、交通事故で急に亡くなりました」と話したそうです。

シャーマンは絵里さん夫婦のことを、次のように言いました。

「谷山さん夫婦は相性が良く、幸せだ。意見のずれがあったり、絵里さんがちょっとしたことを言っても、あとですぐ仲直りができる。絵里さんが夫に対して優しいから、良い家庭がつくれる。谷山さんの夫も絵里さんも、役職を頼まれる。今の生活は努力の結果だ。仕事も生活も努力して身につける。困難を乗りこえ、辛抱強くしてきた結果だ」と言いました。

絵里さんはシャーマンに、「守護霊のことを知りたい」と言いました。シャーマンは「実家の先祖。シャーマンのような方が谷山さんを守っている」と言いました。絵里さんは「実家に阿弥陀仏があります。それを祀る家です。自分も誰か、ご先祖様のような方に守られてきた、という実感があります」と言いました。シャーマンは「先祖の霊が守護霊として見守っている。代々祀られている仏様のこともある。その信仰を続けてください。それが良いことです。谷山さんの仕事は、医者か先生がいいです。何をやっても手が器用で、医者になったら優しい医者になる。誰かに強く言おうと思っても、そのうちに笑ってしまう。ソフトな性格です」と言いました。

絵里さんは「実家の阿弥陀様をどのように祀ったらいいでしょうか？」とたずねました。シャーマンは次のように言いました。

「仏像を引っ越しする時に持っていったらいい。それでお祀りしてください。新しい阿弥陀様を祀るといい。仏様を祀る時の香炉の灰を少し分けて自分の香炉に入れ、祀ってください。実家の仏様は谷山さんのお兄さんの像だ。谷山さんが自分の家に祀る仏像は、西側の壁に東を向かわせて祀るといい。仏教で仏は西から来ている。西がとても大事だ。家の関係で西の都合が良くないなら、北側か、南側に向けて祀るといい」と言いました。

この話をしてくれた時、中田先生は「実家の阿弥陀様を、絵里ちゃんが持っていくんだと？『お母さん、家を建てたので、この阿弥陀様を私がいただきます』と言ってよっこらしょっと絵里ちゃんが担いで持っていったら、実家のお母さんが『ああ〜、絵里ちゃん、その阿弥陀様はウチのよ〜〜』と叫ぶ図を想像してしまった」と言いました。私は先生の想像力、ではなく妄想力に呆れました。

美月先生は、「仏教で仏は西から来ている」と言ったシャーマンの言葉を「北方アジアから見て、インド、チベットは西ですので、仏教や仏は西の方向、西の地域に由来すると考えています。そのため、西の方向と部屋の西側が大事にされます」と教えてくれました。

絵里さんの実家は北関東の町にあり、昔から阿弥陀様を祀っていたそうです。お寺ではないが、阿弥陀様を祀るお宅で、集落の宗教的な役割をされていた、ということです。中田先生は、「集落の中で長く阿弥陀様を祀っていたお宅は、背負うものがあるかもしれない」と言いました。それが何かを私が聞いてみたら、先生は「私の先祖は奄美群島の海民です。どこまでも流れていって、定着してうまくいったり、定着し損なってまたどこかへ行ったりです。だから、土地とはあまり関係を持ちません。でも同じ土地にずっと住んで、そこで宗教的な役割があったら、やはりその土地と深い関係を持つと思います。それは大事なことです」と言いました。

ついで、絵里さんは「仕事はどこに力を入れたらいいでしょうか?」とたずねました。シャーマンは「頼まれたことを、心をこめてする。誰からも信頼される。仕事は頻繁に変えないほうがいい。今の仕事を続けるほうがいい。三十七歳になると大きな仕事がくるかもしれない」と言いました。

絵里さんは子供のことをたずねました。「今、子供が一人います。もう一人と考えていますが、どうでしょうか?」と言いました。シャーマンは子供の年齢を聞きました。「一歳で、丑年生まれです」と絵里さんが言うと、「理想は二人がいい。二年後、女の子でも男の子でもいいから、生まれた子供を大事に育ててあげてください」と言いました。そして「今の息子は将来遠くで暮らす人だ。実家から遠く離れて生きる人だ。谷山さんの数え年の三十七歳で生まれるなら女の子です。お子さんは二人いたほうがいい。ところで、谷山さんのご主人は大学か高校の先生ですか?」と言いました。絵里さんは「中学の先生です」と言いました。

絵里さんは「兄のことを聞きたいです。兄はまだ独身で、このままだと実家はどうなるだろう、と心配になることがあります」と言いました。シャーマンはお兄さんが一九八五年生まれの丑年で、数え年で三十八歳だ、ということを聞きました。そして、次のように言いました。

「お兄さんは若い時に付き合っていた彼女がいたが、結婚できず、それが後を引いて傷ついた」と言いました。絵里さんは大きな目をパチクリし、「そうなんです。兄とその人は結婚するとばかり思っていましたが、ダメになってしまった。それで兄は、『もう結婚なんかいいよ』という風になりました。結婚に失望しています。私は実家のことが心配です」と言いました。

シャーマンは「お兄さんは結婚できる。女性が北側の方向から現れる。お兄さんはハンサムで仕事ができる。結婚するのに障りはない。実家は地方か？」と言いました。絵里さんは「実家があるのは田舎です」と言いました。またシャーマンは絵里さんに「研究の道を歩んだら、可能性が広い」と言いました。

中田先生はあとで、絵里さんの守護霊のご先祖様でシャーマン的なことをしていた人について、次のように言っていました。

「絵里さんのご先祖様も、たぶん阿弥陀様を祀っていたのだと思います。絵里さんを守っているのは女性のような気がします。民俗学の本で読んだのだけれど、『昔の狭い集落で、若い女がもめごとを起こすことがある。それは大体、男女間のもつれだ。そんなことが起こった時、その女を上手にかばい、もめごとをうまく収め、女の身の振り方をつけてやる知恵のある女性がいる。大体、年配の女性、老女の場合も多い』といったことが書いてありました。

そういった知恵のある女性の中には薬草の知識を持っていたり、身体のツボのことを知っていたりして、ちょっとした病なら治していたかもしれません。また、集落の人の悩みを聞いて、上手にアドバイスをして悩みをちょっと晴らす手助けもしていたのかもしれません。派手に神がかることはないけれど、そういった人生相談を請け負うシャーマンぽい人は、今もいます。私は東北でそういった女性に会いました。カミサマと呼ばれている人です。

そのような感じの女性の家に、阿弥陀様が祀られていた、と思います。悩みを抱えた女がその家を訪ねたら、『阿弥陀様にお話ししなさい。私は向こうに行きます』と言って、阿弥陀様に話をさせたのかもしれません。人には言えなくても、仏様になら言えることがあります。そうしている内に、家の女性にも相談し、知恵を借りてその後の人生を生きていく、ということがあったのではないか、と思います。

絵里さんは昔のお姫様のようなところがあるので、そんなことを想像しました。彼女を守護している先祖の方も、きっと阿弥陀様のご加護のもと、ご自分の豊かな知恵を惜しみなく集落の皆さんに与えていた、という気がします。そういったご先祖様のことを意識し、守られていると感じる絵里さんも、相当霊能が高い、と私は思います」

シャーマン鑑定　2　～中田夫妻（六十代）

絵里さんと話した後、シャーマンは「そちらの夫婦も私に何か聞きたいことがあるのではないか」と言いました。「私たち？」と言った中田先生は、自分の生年月日を告げ、美月先生がそれを旧暦に直し、シャーマンに伝えました。一九六二年一月生まれの中田先生は、「私は寅年」と言っていましたが、旧暦だと丑年ということでした。シャーマンは中田先生のことを「性格は、傲慢でも威張るでもない。強い人に強く出られる。人に強く思われるが、優しいところがある。親戚を大事にする。親戚にできることを、優しくしてきた」と言いました。「そうかな。自分のことだと照れる」などと中田先生が思っていたら、急に美月先生が大笑いをはじめました。

美月先生はいつもにこやかですが、こんなに爆笑を続ける美月先生を中田先生も絵里さんも千春さんも見たことがありませんでした。

「どうしたの？　美月ちゃん、笑い袋が破裂したの？」と美月先生につられて笑いながら、中田先生がたずねました。美月先生は、「ごめんなさい。おかしくてしょうがなくて。シャーマンの様子と守護霊が」と言いながら、笑い続けました。しばらくしてから、やや正気に戻った美月先生は次のように言いました。

「シャーマンが、すごく照れたかわいらしい様子で、中田先生のことを、『こんなことを言っていいんだろうか』と言うんです。その様子があんまりかわいくて、シャーマンもシャーマンの守護霊もかわいくて、つい大笑いしてしまいました。シャーマンは『中田先生と夫は、今はいい夫婦だが、中田先生が若い頃、好きだった人が二人いて、それが顔に出ている』と言うんです」と言いました。

中田先生が「まあ」と言ったら、千春さんが中田先生の顔の近くに手をやって、何かを取るような仕草を二回しました。そして、「ほら、もう取れたから大丈夫だ」と言いました。中田先生は千春さんを軽くにらんだあと、「そりゃあ、大学院生の頃、好きだな、と思った男性は二人いました。でも、一緒に調査に行ったり、教室で挨拶しただけで、別にそれ以上どう、ということはなかったです。別に告白をしたりしないし」と言いました。また中田先生は、「面白い。そんな過去も顔に出るんですね」と感心していました。また、「美月ちゃんの言う、『シャーマンもシャーマンの守護霊もかわいい』というのは新しい」と妙な感想も述べていました。

シャーマンは次いで、「ダンナさんを占っていいか?」と聞きました。千春さんが自分の生年月日を美月先生に告げ、美月先生は旧暦に直してシャーマンに伝えました。一九五四年午年の千春さんのことを、シャーマンは次のように言いました。

「眉と目の形から考える。ちょっと特徴のある眉だ。故郷の市長以上の役職を持っていた。人付き合いはゆっくり相手を見て考え、信頼を作る。理解を深めるのに時間がかかる。見たらすぐ、『この人はああです、こうです』とは言わない。興味を持つと、目で見たい、触りたい、追究したい、と思う人だ。何かを得ようとする時、時間、エネルギーを使ってやり遂げようと努力する。夫婦は富があり、仲が良い。物を大事にし、浪費しない。自然体の生活をする、福の持ち主だ」

千春さんは、「この眉毛、親もこんな感じだし。親に似ただけでしょう。そんなにお金持ちでもないし」と述べていました。千春さんの眉毛は濃く、ちょっと飛び出た長い部分があり、あとは全体に三角ぽい、という感じです。

中田先生は、「それでは、私から質問したいです。リモートでの鑑定と、対面の鑑定と、違いがありますか?」と言いました。それに対して、シャーマンは次のように答えました。

「依頼者の顔を見ると、リモートでも対面でも同じで、身体が震え、次々に情報が入ってくる。自分はそれを言っているだけで、自分の言ったことが本当かどうか分からない。

若い時、守護霊が自分に憑いた。その時、守護霊を大事にしなかった。そうしたら守護霊が怒り、私は精神がおかしくなった。それで、師匠に弟子入りした。師匠は私を一人前のシャーマンにしてくれた。弟子入りしたら、精神のおかしいのは治った。

守護霊が身体に入ってくると、電気が通った時のように震える。唇が震える。何かを言わせようという感じになる。守護霊が入って身体に震えがくる感覚はリアルだ。守護霊が来ているのが分かる。自分の意思を失う。声が強くなったり、速くなることがある。守護霊の冗談や、守護霊が怒る感じも分かる。依頼者の顔を見ると、何を感じているか分かる」

中田先生はシャーマンにお礼を言い、「それではそろそろ終わりましょう」と言いました。そして、皆でかわるがわるシャーマンに挨拶し、この日の鑑定会は終わりました。そのあと、皆でスイーツのおいしい喫茶店へ行き、パフェやケーキを食べながら、鑑定会の感想を言ったり、美月先生が発表したＵＦＯの学会の話を聞いたりしたそうです。

ＵＦＯの学会に集まる人々の中には、頭にいろいろなものを挿し、宇宙人もどきの格好をする人がいたり、「自分はＵＦＯに乗ったことはないが、新宿でＵＦＯから人が降りてくるのを見た」という人もいたりする、ということでした。またＵＦＯの学会のホームページには「宇宙人は会費無料です」と書いてあるそうです。シャーマンはいつも不思議なのですが、ＵＦＯの学会に集う人々も相当なものだ、と中田先生は思ったそうです。

シャーマン鑑定　3　～若山真由子さん（三十代）

谷山絵里さんは、鑑定会の日、義理のお母さんにお子さんをみてもらいました。それで、鑑定会の後にちょっとゆっくり皆と喫茶店で過ごしてお喋りし、家に帰りました。家では義理のお母さんや帰宅した夫が待っており、興味津々で鑑定会のことをたずねてきたそうです。絵里さんは「父が事故死したことを言わなかったのに、シャーマンが『急に亡くなった。天寿を全うしていない』と言ったことに驚いた」、と言いました。

また、「兄が結婚を考えていた人がいたのに、結婚せず、それから結婚に対してシニカルになったことも当たった」と言いました。また、「兄は結婚できる。女性が北からやってくると言われた」とも言いました。絵里さんは北方アジアのシャーマンがいろいろと自分や実家の家族のことを当てたことに驚いており、興奮気味に鑑定会のことを家族に報告しました。その話題の中で、「結婚」という言葉には皆の関心が集まった、ということです。

しばらくして、中田先生が研究所に現れ、私や香山雪子さんに鑑定会の様子を話してくれました。そして、「昔々好きだった男の人二人が顔に出ていると言われて、びっくりでした」と言ったら、雪子先輩は、「まあ、顔に出るんですか」と自分の顔に手をやり、驚いていました。

絵里さんは、鑑定が当たっているのに家族が驚いたことを話していました。そして、「家を建てることですが、夫にシャーマンが言ったことを伝えたら、『そうか。何でもオレが思った通りコトを進めればいいんだな。シャーマンのお墨付きを得た』と威勢よく言うので、『ちょっとは私の言うことも聞いてよ』と言いました」と言っていました。

そして絵里さんは、「その話を義理の妹が聞いて、『私も北方アジアのシャーマンにみてもらいたい。同じようにみてもらいたい友達もいる』と言っています」と中田先生に言いました。先生は、「先にまた鑑定会を開こうと思っているので、ちょっと考えますね」と言いました。

それから数週間後、絵里さんの義妹さんとそのお友達の夫婦の鑑定会が開かれました。

中田先生はシャーマンとは関係のない会を時々開いています。その会で民俗学の先生を鑑定してもらいたいので、ついでに若者たちの鑑定会もしよう、と思い付いたそうです。先生は、「一般の方々を鑑定してもらうのですから、勿論、録音録画をしたりしません。でも、シャーマンのお話や皆さんの反応はメモします。それでよろしいですか?」と義妹さんたちに絵里さんを通して聞いてもらったそうです。「それで構わないです」という話になったので、義妹さんとお友達夫婦の鑑定会が開かれました。

その様子を中田先生が話してくれたので、私、有内麗が見てきたようにお話ししようと思います。

鑑定会は喫茶店の会議室で開かれました。美月先生がいつものようにスマートフォンで北方アジアのシャーマンにつなぎ、「今日は、こういった方々が集まっています」と、シャーマンに皆さんをご紹介しました。集まった皆さんは、それぞれシャーマンに挨拶しました。その日は、ちょうど満月の日、旧暦の八月十五日でした。

谷山絵里さんの義妹は若山真由子さんといいます。明るくかわいく温かい雰囲気の方です。中田先生が真由子さんに挨拶し、「絵里さんは結婚してお子さんができたらとても元気になられて」と言いました。そうしたら、「私、絵里ちゃんと同い年です。絵里ちゃん、いつもキラキラしていて」と、真由子さんが言いました。中田先生は、「自分の同い年の義理のお姉さんをこんなに褒めるなんて、何て良いお嬢さんでしょう」と思ったそうです。

鑑定会の時、美月先生が次のようにシャーマンのことを話してくれました。

「シャーマンは四十八歳の時に牛や馬を盗まれ、ショックを受けました。その時、まだシャーマンになっていなかったんです。『シャーマンになりなさい』、ということは言われていました。良い導きの人がいなかったそうです。牛が出てこなかったが、『隣の人が盗んだ』と守護霊が教えました。守護霊は、『自分の言うことを信じなさい』、というために誰が牛を盗んだかを教えたんです。シャーマンには落とし物や盗まれたものを探す、という役割もあります。トラブルがあった場合、それを円滑に解決するにはどうしたらいいか、ということです」

今日という日について、シャーマンは次のように言いました。

「今日は青貯の日。青いトウモロコシをとって切って貯蔵する日だ。このトウモロコシは冬に牛に食べさせる。午前中はその作業をしていた」

そして、若山真由子さんの鑑定が始まりました。真由子さんは「私は辰年です。数え年で三十五歳です。結婚できるでしょうか?」とたずねました。

シャーマンは次のように言いました。

「辰年で、運の色は黄色。黄色い辰だ。仕事にも、人にも優しい。泣いてしまうくらい優しい。二人と縁談があった。だめになったのは優しさのせいだ。良い人が現れる。誤解された時に押し返せない。弱さがある。

今、一緒になりたい人がいる。年下の男の人がいる。孤児で生まれ育ったか、再婚家庭で育った人か。運命と思ってください。運命として受け止めてください。宇宙の法則が結果となる。

若山さんはとても優しい。誰かが『助けてほしい』と言うと自分のものをすべて出すような人だ。皆に優しさを与えてきた。今のあなたがあるのは、輪廻応報だ。

今の彼の思いはかたまっている。今年の旧暦の十一月か、来年の旧暦二月に結婚するといい」

真由子さんの彼は、実際にそのような人のようで、真由子さんは「当たってる！」と軽く叫び、真由子さんのお友達の夫婦も驚いていました。

これを聞いた中田先生は、「それはちょっと早いので、もっとあとの時期を見てほしいです」、と述べ、シャーマンに美月先生が「もっとあとの時期で、結婚に適した時期はないか？」と聞いてもらったが、その時期のことしかシャーマンは言いませんでした。中田先生は、真由子さんのようなかわいいお嬢さんには、ちゃんと日本的な結婚式をあげてほしいと思った、ということです。それにはちょっと時間もかかるし、準備もある、と思ったそうです。

ついでシャーマンは、「今の彼は何歳か?」とたずね、真由子さんが「一歳下の三十四歳」と言いました。シャーマンは「とても良い縁だ。一歳下か一歳上がいい。付き合っている彼は色が黒い。目、鼻の感じは強そう。口数は少ないが、芯が強い」と言いました。そして真由子さんについて、「女性は思ったことをすぐ口に出す。お互いにひきあい、思い合い、恋しあう。女性の顔には、今の彼に恋しているのが出ている」と言いました。

真由子さんは「彼は色が黒い」というところにも強く反応していました。

次いでシャーマンは真由子さんに、「仕事は何か?」とたずねました。真由子さんは「保育士です」と答えました。シャーマンは、「ほかに質問がありますか?」と言いました。真由子さんは、「仕事は自分に向いているのか?」とたずねました。

シャーマンは次のように言いました。

「顔色が明るく、性格が優しい。転職を考えるなら、学校の先生か医者が将来の仕事として良い。人に対して強く出られない。役職が上がると、もっと仕事を任される。その仕事はできるから、安心してください。三十七歳の時、大きな昇進がある。引き受けたらいい。できる。地位が絶対上がる」

この話を聞いた時、真由子さんは「そんな、私は頭悪いから」と言っていました。中田先生は、シャーマンが「学校の先生か医者が将来の仕事として良い」と言うのを聞いて、「谷山絵里さんと同じ。谷山さんの義妹さんだからかな?」と美月先生に言いました。美月先生は、「同じ役割の家の人同士が結婚して家族になります」と言いました。中田先生は、とても納得したそうです。

また中田先生は、真由子さんが「私は頭悪いから」と言ったことについて、「そんなことない。絶対ない」と強く思ったそうです。保育士はデリケートな仕事で、小さいお子さんやそのお母さんの対応をちゃんとしなければならない大事なお勤め、と中田先生は思っています。先生は「私、ワガママで自己中だから、小さいお子さんの相手や、そのお子さんのお母さんの相手は絶対できない。それができるだけで、無条件に尊敬する。私は、勉強はちょっとできたかもしれないが、あとはアホ」と力強く述べていました。私、有内麗としては、アホやワガママも年齢を重ねるとパワーアップする、と思いました。

真由子さんは続いて「子供ができるのか？」とたずねました。シャーマンは「それはもちろんだ。こんなに元気なのにできないわけがない。聡明で明るい子供たちに恵まれる」と言いました。これを聞いた時、中田先生は「おお、シャーマンが近所のおじちゃんのようなことを言っている」と思ったそうです。

そしてシャーマンは、次のようなことも言いました。

「注意としては、妊娠したら水の動物を食べないことだ。海と川の動物だ。辰年（女性）、巳年（男性）は、前世は龍で、水の神の母方の親戚だ。妊娠後、水の動物を食べると、流産や事故の可能性がある。日本人なので、全く食べるな、というのは無理だが、控えめにするように」

真由子さんは、なるほど、という顔で聞き入っていました。真由子さんにとってシャーマンの鑑定は、「当たっている」の連発でした。この真由子さんの様子を見て、中田先生は「シャーマンに当てられる喜び」という言葉を思い出したそうです。先生が読んだ、沖縄のシャーマンについての本に、「年配の女性で、しばしばシャーマンのところへ行く人がいる。彼女たちは、シャーマンに当てられることを喜びとしている」とあったそうです。真由子さんの様子は、まさに「当てられる喜び」そのものだったそうです。

あわせて「彼もいて、彼との結婚を意識しながらもう一歩が踏み出せない真由子さんが、シャーマンに『先に進め』と言ってもらいたかったのかな、という気もした。そして『自分はこうだ』、と真由子さんは自分を狭く規定しているのだと思う。そうではなく、真由子さんはもっと聡明で有能です、とシャーマンは告げたかったのだとも思う」と中田先生は言っていました。何にしても、真由子さんが喜んでくれたようで良かった、ということです。

なお満月のこの日、若山真由子さんの義理の姉、谷山絵里さんとダンナさんは家を建てる契約をしたそうです。あとで絵里さんは中田先生に、「シャーマンが『何か始めるなら満月の日が良い』と言われ、今日、契約しました。はからずも良い日だったので良かったです。今後は旧暦も参考にしようと思います」とメールしたそうです。

私は満月、旧暦、月齢のことをあまり考えたことはなかったです。今後は旧暦や月のことも考え、何かする時、良い日取りのことを考えよう、と思いました。そう思ったらハタと気付いたのですが、私、有内麗は占いができます。ホロスコープは、元々は太陰暦、つまり旧暦が基本になっているので、私はその暦法を占いで使っていました。「そうか、実は旧暦になじんでいたんだ」と私は思いました。

シャーマン鑑定　4　〜大迫夫妻（三十代）

真由子さんはお友達夫婦と一緒に鑑定会にやってきました。名字は大迫さんといいます。この夫妻は、お子さんが欲しいけれどなかなかできない、ということもあって鑑定に来たそうです。

シャーマン、そして美月先生が大迫夫妻の旧暦の誕生日と干支の確認をしました。夫は一月生まれで未年と思っていたそうですが、午年でした。妻も午年です。

シャーマンは夫妻のことを次のように言いました。

「ダンナさんを表現すると、勇者で男前だ。奥さんを大事にする。苦労をさせないように頑張る。奥さんの優しい目には愛がある。ダンナさんを愛する。いつもご苦労さま、という思いがある。ダンナさんは頑張っているほど収入に反映されない。ダンナさんは収入には満足していない。ダンナさんは勇敢なので、こんなことには負けない、という思いで頑張る。

奥さんは言葉が多い。奥さんは説明を夫に求める。女性は言葉が多い。ダンナさんに理解してほしい」

この言葉を聞き、ご夫妻は驚いた顔をしていました。「これは当たったたな」と中田先生は思ったそうです。また、ダンナさんは「いつもよく話してくるけれど、ほとんどスルーだもんな。聞いてない」と言いました。美月先生は「もっと奥さんのお話を聞いてあげてください。私の別れたダンナもそうだった」と言いました。それを聞いた中田先生は、「美月ちゃんがダンナと別れた理由の一つはそれか」と思ったそうです。

　また、シャーマンは次のように言いました。

「二人は、法事を避けるべきだ。行ったら障りが生じる。葬式は親戚でも友人でも、今年は行ってはいけない。今年は避けるべきだ。墓参りは大丈夫だ」

　この言葉を聞いて、美月先生は「この、葬式に行ってはならない、というシャーマンの言葉は大事です。現地で、そう言われた人で、それを守らずに葬式に行き、交通事故に遭ったり、亡くなったりした人もいました」と言いました。

　シャーマンが他の質問をうながしたら、「子供が欲しいが、できるかどうか?」と夫妻はたずねました。シャーマンは「夫婦仲はいいが、子供が少ない運命だ。三十五歳までにできる。二人の身体は健康だ。何らかの障りがあり、影響がある」と言いました。

　これを聞いてダンナさんは「三十五歳まで頑張ってみるか」と奥さんに言いました。

　次いで奥さんが「仕事について聞きたい」と言いました。シャーマンは次のように答えました。

「思い通り、期待通りにうまくいかない。一年したら変わる。三十五歳過ぎたら順調になる。思い通りにならないのが、去年と今年の運命だ。

今みていると、二人が出会う前、それぞれに彼と彼女がいた。出会って二人はひかれあい、結婚した。それが障りになっているのかもしれない。奥さんはダンナさんに一目ぼれし、前に付き合っていた人を捨てて一緒になった。

奥さんはダンナさんを愛している。奥さんの目にそれが出ている。ダンナさんは奥さんとあまり話していない。コミュニケーション不足だ。

信頼しているお寺に行って、お経をあげてもらってください。それが障りをとる方法の一つだ。

ダンナさんは元気で意志が強い。奥さんはとても優しい。生活は夫への愛の上で成り立つ。それを思う心で生きている。その思いですべてが成り立つ。夫婦で頑張れば、ひらける」

このシャーマンの言葉で、若山真由子さんと大迫夫妻の鑑定は終わりました。

皆で美月先生のスマートフォンごしにシャーマンに挨拶をしました。大迫夫妻は、ダンナさん、奥さんの仕事の現状について、シャーマンの言葉が当たっていて驚いていました。また、奥さんがダンナさんによく話しかけること、ダンナさんがそれにあまり反応せず、コミュニケーション不足なことも指摘され、驚いていました。

　このハンサムな鹿児島出身のダンナさんと、美女の産地の秋田出身の奥さんの鑑定について、中田先生は次のように言っていました。

「シャーマンははっきり言わなかったけれど、たぶん、美男美女のカップルは結婚以前、付き合っていた人がいて、その人たちを振って結婚したんだと思います。そうすると、振られたほうが良くない感情を持ってしまうことがあります。その感情が生霊のようになって二人の障りになっている可能性があると思います。

　以前、シャーマンが言っていたけれど、『死霊は死んだ時のまま止まっているが、生霊は怖いです。生きた人間はどんどん変わっていきます』ということです。その障りをとるのが、お経だと思います。お経は呪文のようなもので、呪文は案外ききます。私は呪文ぽい神歌の研究もしているからよく分かります」

　これを聞き、私、有内麗は「お経は呪文か〜〜」とちょっと意外に思いました。また、中田先生は次のようなことも言っていました。

「シャーマンは今、夫妻の運気が低調なのを指摘していましたが、ダンナさんのことを『勇者で男前』と言っていました。これは、シャーマンからのエールだ、と思いました。また、勇者という言葉からあれこれ考えました。自分の能力に見合わない低い賃金でも、奥さんとの生活のため、頑張って仕事を続けるのは本当に勇者だと思いました。また、ダンナさんへの愛情にあふれる奥さんの眼差し、というのは美しい、と思いました。

シャーマンのお話を聞いて、誰の心の中にも勇者がいて、お姫様のように大切に思う女性を守っている、と思いました。そして、瞳に愛を溢れさせるプリンセスもいる、と思いました。日常生活の中で、誰も自分を勇者やプリンセスとは思わないけれど、純粋で美しい魂が普通に生きている人々の中にもあると、シャーマンは教えてくれたのかもしれません。

また、ちょっと物事がうまくいかない時は、無理をせず、自分をおとしめたりせず、世の中を恨んだりせず、愛する家族とコミュニケーションをとってなるべく平静に生きる、ということも教えてくれたと思います。シャーマンの言葉は、迷える日本人、特に若者へのエール、とも思っています」

ちなみに中田先生の守護霊は、たぶん遣手婆《やりてばば》、ということです。何でも先生は、ご両親がちょっと背伸びしたお嬢さま学校の中高一貫校に入れてくれたので、若い頃はお姫様モードに憧れていたそうです。でも、結婚して子供たちが生まれ、忙しくしているうちに中年になり、ある日、「私は遣手婆だ」と急に思ったそうです。どこの世界の遣手婆が中田先生に突然降臨してきたかは不明だそうです。

ただ先生は、「自分を遣手婆と思うと、世の中の大多数の人たちはお姫様、王子様、殿様、女王様にしか見えないから、何だっていいんです」と言っていました。ちなみに先生は、「私より年上の人は、ニーニーとネーネー、私より年下の人は子供。世の中の人間は、その二種類だけ」と荒っぽいことも言っていました。「割り切りが良すぎる」、とさすがの私も思いました。

シャーマン鑑定　5　～山田先生（九十代）

中田先生の民俗学の先生は、山田先生といいます。少し前、骨折したり奥さんを亡くされたりしましたが、お元気で調べものをしたり、原稿を書いたりしています。この先生のことをみてもらいたい、と思った中田先生は、あまりシャーマン鑑定会に乗り気でない山田先生との会の時、美月先生に北方アジアのシャーマンとつないでもらいました。この会のことも、私、有内麗が見てきたようにお伝えします。

いつものようにシャーマンに皆で挨拶をした後、シャーマンが山田先生の生年月日をたずねました。美月先生が旧暦に直し、「丑年ですね。数え年は九十八歳、日本の満年齢は九十六歳、二〇二二年十一月で九十七歳なので数え年は九十八歳になります」と言いました。

シャーマンは山田先生をみて、次のように言いました。

「とてもお元気だ。顔と身体と内臓。裕福に生まれていない。たくさん苦労している。自分の意志ですべてを乗り越えてきた。このお話で思い当たることがありますか？自力で努力してこられた、という意味です。今、先生の中では女性に対する思いが深い。親戚の女性か、娘のようにみえる。お嬢さんか、いなければ孫のような女性がいる。必ずこういうことがある。住んでいる所は実家から離れている。いつも実家への思いがあり、いつも会いたいという気持ちがある。

秘密が二つある。一人の女性。親戚のような女性に今の思い、託したいことがあるが、言っていない。ご実家への思い。いつも会いたいという気持ちがあるが、思うように行けない。寿命が長くない、という思いがある。二つの課題だ。

今、顔に福があり、落ち着く。自分なりの業績をおさめた完璧な人だ。牛でいえば、紐を引っ張って仕事をした、というたとえがある。引っ張っている紐を一本も外していない。すべて自分の努力の結果だ」

美月先生は、シャーマンの言う女性のことを、「ご存命の方、お孫さんかもしれないと思う」と言いました。

次いで中田先生は「山田先生が気を付けるべきことは何ですか？」を聞いてもらいました。シャーマンは次のように言いました。

「言ってはいけないことをあえて言うが、奥さんが亡くなって丸三年目になるまで気を付けなくてはならない。奥さんへの思いが深い。若い時から数々の苦労をする。努力で業績をおさめる。実家は裕福ではないが、努力で生活してきた」

そしてシャーマンは山田先生に「親戚の中に軍隊に入り、将軍になった人に思い当たる人がいるか？」とたずねました。先生は「おじが軍人だった。親父の兄弟で、職業軍人だった」と言いました。シャーマンは「ご先祖の中に軍人がいて、それで業績を出した人がいる」と言いました。先生は「じいさんは真面目で良い百姓で、村長の娘を嫁にもらう。そのじいさんの名にあやかって、私にじいさんと同じ名をつける。しかし、昔は放蕩《ほうとう》し、今はこうだ」と言いました。

シャーマンはまた、次のように言いました。

「額のホクロに出ている。今言ったことが出ている。鼻の真ん中の線をみると、『子供はいない』と言うが、子供がいる。お子さんがいない人ではない。います。かなりの年功がある。退職されているが、収入もある。五十歳前に命の危険があった。そういうものも自分の力で乗り越える。『いい』と思う人と付き合う。付き合いは広くはないが、いい人たちと深い交流がある。質問したいことがあるが、勇気を出せない。寿命のこと。それは言わない」

シャーマンは山田先生のお子さんの話をし、「います」と言った時、ちょっと笑いました。また「額のホクロ」の話が出た時、先生は「これはイボだよ」と言っていました。このシャーマンの「ホクロに出ている」ということについて、あとで美月先生が次のように解説してくれました。

「ホクロにその人の情報が映っている、というシャーマンが北方アジアにいます。これは親戚の子供のことですが、シャーマンにみてもらった時、『肩の後ろあたりに青いホクロがある。そこに映っているが、この子は頭がいい』と言われたことがあります。ホクロ・カメラですね」

これを聞いて、中田先生は先の大迫夫妻の「奥さんの目にダンナさんへの愛があふれている」、というシャーマンの言葉を思い出しました。ホクロ・カメラの人、ヒトミ・カメラの人、人それぞれだ、と中田先生は感心したそうです。

山田先生は、「ほかの人も、みてもらいたい人がいるのではないか」と言いました。それで、「ほかにみてもらいたい人はいますか？」と中田先生が声を掛けました。

シャーマン鑑定 6 ～春名道子さん（五十代）

奄美出身の女性、春名道子さんが手を挙げました。

春名さんは奄美大島で高校卒業後、九州の大学へ行きました。春名さんは奄美という島の持つ底知れなさに畏敬の念を感じつつ、島から逃げたい、という思いもあって島に背を向けて過ごしていました。

霊的な感じやすさも持つ春名さんは、島のユタガミにみてもらったことがあり、本土での勤めの合間に本土のシャーマンにもみてもらったことがあります。

春名さんは「シャーマンにみてもらったことがあります。『奄美は侵略された。侵略される時、文化があったのに、捨ててしまった。海に捨てられ、私も海に沈んでいる』と言われたことがあります」と言いました。

シャーマンは、「その歴史は海に捨てられたとしても、奄美の守護霊たちは言いたいと思ったら自ら語る。それが奄美の歴史だ。守護霊たちは現れるべき時に現れ、それを語る。時期になると降りてきて語る。今はその時ではない」と言いました。

中田先生は、春名さんとシャーマンのやり取りを聞いて、「霊能のある人同士は違う」と感心したそうです。

春名さんが「私は一九六五年生まれです」と言いました。

シャーマンは「春名さんの目をみる。目は守護霊と関係がある。守護霊は降りてきたい、という思いがある。守護霊がまだ入っていない。来年四月に身体に入り、何かをしゃべる。トランスに入りたい、という気持ちがある」と言いました。

春名さんは「二〇一〇年、奄美のユタに十五年の延期願を出してもらいました。もっと早く、ユタになる時期がくるかもしれない、と言われました」と言いました。

この延期願とは、ユタになる儀式を延期してもらうよう、ユタの神様にお願いすることです。「ユタになるべきです」と判定されても、子供ではすぐにユタにはなれないし、困ってしまいます。そういった時、「もう少し学校にも行って勉強し、大人になるまでユタになるのを待ってください」とお願いすることがあります。それが延期願です。春名さんは大人になっていましたが、延期願を出してもらった、ということです。

シャーマンは次のように言いました。

「今、春名さんの目を見ている。頭のてっぺんに、『入りたい』という守護霊がいる。目線が落ち着かない。入るべきではないのに入ろうとする細かい毛の水の動物がいる。守護霊ではない。排除すべきものが入ろうとしている。今の、途中から入ろうとしているものを追い出さなければならない。シャーマンに弟子入りする必要がある。入るべきではない、いらない霊だ。弟子入りする必要がある。目線、手の動きにそれが出ている」

春名さんは「シャーマンに納得いくまで質問したいです。私はどうすればいいのですか」と言いました。

シャーマンは「私に聞きたいのか。私を師匠にしたいのか。私は仏教とつながっている。春名さんは日本の仏教とは関係ない。具体的に、私は春名さんの師匠はできない。来年四月、師匠を探し、弟子入りしたらいいシャーマンになり、白い道が開ける。医者のようになる」

春名さんは「去年から九頭龍《くずりゅう》の神事をしています。良いことか悪いことか分かりませんが、龍がついている、と言われることがあります」と言いました。

シャーマンは次のように言いました。

「蛇が憑いている。龍、蛇だ。守護霊は亡くなった女性シャーマンだ。主な守護霊を受け入れると、龍や蛇もついてくる。守護霊は灸や鍼もできる。守護霊は女性の病気の治療もできる。私より強いシャーマンになる。骨折など骨の痛みに強い力を発揮できる。骨接ぎ、占いもできる。守護霊が言え、と言う。

食べ物の禁忌がある。足がたくさんある海や川の生き物を食べるのはだめだ。蛇に似たものを食べてはならない。それを食べると、守護霊を食べることになる。細長いもの、エビ、カニ、ドジョウ、ウナギはだめだ。トランスに入りそうな、強い思いがある」

春名さんはちょっとエキゾチックなきれいな女性です。九州の大学を卒業後、本土で長く勤めている知的な春名さんですが、一方で自分の持って生まれた霊能をちょっと持て余し気味のところもあります。彼女がどのような人生を歩んでいくかは未知数です。

中田先生は春名さんの話をしてくれた時、「春名さん、シャーマンになればいいのに。そうしたら、私の原稿のネタがまた増える」と毎度お馴染みの無責任なセリフを述べていました。

シャーマン鑑定　7　~古屋徹さん（七十代）

次に手を挙げたのは、茨城在住の古屋徹さんです。彼はまず、ちょっと面白いことを言いました。

「先祖は高句麗《こうくり》から来た、という。自分は朱蒙《しゅもう》（高句麗建国の伝説の王）の子孫だと信じるが、どうだろうか？　千三百年前、国が滅んで日本へ来た、というがどうか？

一九五一年八月十一日生まれの卯年だ」

中田先生は、自分の家のことを「源氏の末裔」や、「平家の末裔」と称する人がいるのは知っていたそうです。また、沖縄の人の中では、「自分の系図は、第二尚氏の○○王につながる」という人もいることは知っているそうです。しかし、朱蒙の末裔という話は初耳で、珍しいと思ったそうです。そして、「戦国大名の大内氏が朝鮮半島にあった古代国家、百済《くだら》王の末裔と称していたことを思い出した」、と言っていました。

これに対して、シャーマンは次のように言いました。

「顔、内臓が普通の人と違う。朝鮮ルーツというが、モンゴル人だ。髭と顔はモンゴル人だ。若い時からいろいろなことをする。学びが早く、いろんなことをしてきた。見たらすぐできる。ものをためない。悩みをためず、すぐ発散できる。聡明で知恵があり、頭脳がぬきんでている。髭を剃ったら五十七歳にみえる。龍の緑の四つのホクロを持って生まれる」

こう言われ、古屋さんは「自分は四緑木星です」と言いました。

中田先生は、見るからに聡明な古屋さんが「髭を剃ったら五十七歳にみえる」というシャーマンの言葉を大変面白く思ったそうです。あとで古屋さんの奥さんの優子さんは「その半端な数を聞くと、何だか信じられる」と面白い感想を述べていました。また、先生は龍の緑の四つのホクロと、占いの九星気学の四緑木星の四緑が対応しているのも面白い、と思ったそうです。

ついでシャーマンは、次のように言いました。

「お姉さんがいますね。守護霊は仏教関連。仏教の見方をする。龍の四つの緑のホクロは、とても良いか悪いかというと、良い方だ。いい方にいきました。お姉さんの愛情を受けました」

古屋さんは次のように答えました。

「姉は亡くなりましたが、一つ上の寅年生まれで、しかも最強の運を持つという五黄《ごおう》の寅なので強い、男みたいな人」。シャーマンは、「守ったり、かばったりする」と言いました。

美月先生は古屋さんに「それは受け止め方です。お姉さんの思いは違う。お姉さんは弟や妹にしっかりしてほしいと思うから、ちょっと厳しいようにみえることも言うことがあります」と述べました。

この対話を聞き、中田先生は沖縄で、姉妹が兄弟より生まれながらの霊能が高く、姉妹が兄弟を霊的に守護する、という信仰、オナリ神信仰という生き神信仰を思い出したそうです。また、「これは言ってはならないと思う」、と言いつつ、先生は自分の思いつきを話してくれました。

「お姉さんは弟をかわいがるのは当然で、『お菓子をあげる』『手をつないで一緒に歩く』『転ばないように支える』というのはあると思います。そのほかに、大相撲の世界のカワイガリ、というのに似たものもあって、『ちょっとからかってみる』『楽しそうにオモチャを持っている弟から取り上げてみる』というのもあるかもしれません。古屋徹さんはカッコイイ男性なので、お子さんの時はさぞかわいくて、りりしいお姉さんの大事な弟さんだったと思います」

シャーマンは続けて「ご先祖はモンゴル人だ」と言いました。古屋さんは笑いながら、「高句麗のあったあたりから内陸に行くとモンゴルですから、そうかもしれない」と言いました。

この古屋さんの言葉で、鑑定会は終わりました。そのあと、皆で美月先生のスマートフォンごしに、北方アジアのシャーマンに挨拶をしました。

シャーマンが山田先生の顔を見て、「今は穏やかだ。最初は信じていなかった。今は信じている顔だ。質問したいことがあり、それは寿命についてだが、皆さんの前では言えない」と言いました。

そして「遠距離も対面も、鑑定するには関係ない。顔を見ると守護霊がどんどん降りてくる」と言いました。このシャーマンの言葉は、以前と同じです。中田先生は「何回聞いても不思議な話だ」と思ったそうです。零感の先生には想像を絶する、とあとで話してくれました。

この鑑定会はたまたま中秋の名月の日に行われました。その日、それはそれは美しい月が出ていました。中田先生は帰り道、月を見上げて、「何てきれいなんだろう」としみじみ思ったそうです。

家に帰ったら、谷山絵里さんからのメールが入っており、義理の妹さんたちの鑑定会の御礼と、家の建築の契約の印を押した、という報告が書かれていたそうです。絵里さんはシャーマンに「何かことを始めるなら満月の日が良い」と言われており、それが今日で本当に良かった、これからは旧暦も意識しようと思います、とメールに書いたそうです。

この鑑定会の後、中田先生は古屋さん夫妻や美月先生と話す機会があったそうです。話題の中で先生が驚いたのは、古屋徹さんのクジ運の話でした。古屋さん夫妻が結婚する時、結婚式場で「新婚旅行が当たるクジ」があったそうです。司会の人が引いたら、「ハワイ旅行」が当たりました。徹さんは、「新婚旅行先はインドと決めているので、ハワイ旅行はいらない。その分、結婚式場代を無料にして下さい」と言ったそうです。しかし、それはダメだったので、二人はインドの新婚旅行のほか、ハワイにも行ったそうです。「空港にリムジンが迎えに来たりして、結構ゴージャスな旅行だった」という話でした。

また、毛皮のコートを買いに行った徹さんは、「購入者限定三角クジ」を引いたそうです。徹さんは「指に触ったクジを引こうと思ったが、そこは奥ゆかしいのでその隣を引いた。それを見せたら、店員の顔色が変わり、『二等です。毛皮のコートが当たりました』と言って、もう一枚毛皮のコートがきた。このコートは家にホームステイしたチベット人が『寒い』と言うので『これを貸してあげる』と貸したら返ってこなかった」ということです。

美月先生はこの話を聞き、「良いことをなさいました。幸運で当てたものをあげたら、幸運が巡ります」と言いました。

また、古屋さんの奥さんの優子さんによると、「この人、お米や自転車や、とにかくいろいろと当ててくるの。人間の一生の運は決まっていると思うのに、運を使い果たしているみたい」ということです。

徹さんは動物病院を開業していて、「犬や猫の顔を見れば、気持ちが分かる」そうです。また徹さんは「お客のご主人がリタイアし、占いを習い、今は神社の隅で占いをしているそうだ。私も占いを習いたい」と言いました。

中田先生は、人間の言葉を話さない動物の気持ちを察する能力が高く、ツキを持っている古屋さんはシャーマンとは別の意味でとても霊能が高い、とちょっと思ったそうです。しかし、古屋徹さんの一番のツキは、奥さんと結婚したことだ、と強く思ったそうです。私、有内麗は、結婚したばかりなので、そういったカップルに憧れます。

中田先生によると、ツキとは不思議な言葉で、「よく人は成り行きがうまくいくと『ついている』と言うけれど、『ついている』とは何でしょう？　付いているの？　憑いているの？　付いているなら何が付いているの？　いろいろと考えると案外分からないです」ということでした。確かにそうだ、と私も思いました。

古屋優子先生の報告

鑑定会でシャーマンにみてもらった古屋徹さんの奥さんは、民俗学の学者です。ただ、中田先生が「古屋優子先生」と呼ぶと、気さくな優子先生は「古屋さんと呼んでください」と言います。そうしたら中田先生は「じゃあ、優子ちゃんにしよう」と言っていました。

優子先生は南西諸島の民俗を専攻していて、著書も出しています。そのほかに、チベットやモンゴルの仏教にも関心があり、チベット語の勉強もしたそうです。

　優子先生が所属している神奈川の大学の研究所で、ある時、千葉県の利根川に近い、醤油も商っていた豪商のお宅に残る文献や、蔵の中の民俗文化財を調査研究するプロジェクトが発足したそうです。そのお宅に行った優子先生は、ラマ教（チベット仏教）関連のものが入った箱に目を留めました。「その箱が気になってしょうがなかった」、とあとで優子先生は話してくれました。

　箱の中には経典、太鼓、仏の絵、チベット語の書かれた紙、手紙類、防虫剤（楠の粒）などが入っていたそうです。北方アジアの仏教はチベットから伝わったので、経典もチベット語で書かれている、ということです。手紙の中には満州の大寺院の活仏のものがありました。活仏とは、あたかも仏のような高徳の僧です。仏の転生化身の存在、とみなされることもあります。

　活仏の手紙には、活仏が訪日し、日満（日本と旧満州国。満州国は現在の中国東北部にあった）両国の隆盛や、満州国建国の際に亡くなった兵士たちの冥福を祈るため、先祖伝来の仏像を東京の満州系寺院に贈りたい、と書かれていたそうです。

満州国と日本の関係の中で、現地の仏教界と日本の仏教界も交流を持ち、双方のやり取りもあったそうです。満州は当時、仏教が盛んで、日本側は満州の統治を円滑に進めるため、意図的に仏教を利用した、という側面もあったようです。それはともかく、活仏の手紙の入った箱の内容を、優子先生は報告の形でまとめました。その報告は、千葉県の市の『市史研究』に載ったそうです。

優子先生は通訳をした美月先生に、この報告を読んでもらいたい、ということでコピーを送りました。美月先生は送られてきた報告を読み、びっくりしました。なぜなら、優子先生が紹介された手紙の活仏とは、古屋徹さんを鑑定した北方アジアのシャーマンのご先祖様だったからです。活仏の妹さんの孫が、シャーマンです。

美月先生はその驚きを中田先生に伝えました。中田先生は、以前、美月先生がメール添付で送ってきた活仏の写真を優子先生に転送しました。優子先生は「活仏のお写真をお送りくださりありがとうございます。とてもいいお顔ですね。この方が私に彼についての論考を書かせたのですね。活仏が私にあの手紙のことを書いて欲しかったのだと考えることにしました。そう考えるとうれしいです」と中田先生にメールしたそうです。

活仏の写真はシャーマンとそっくりです。中田先生は「シャーマンは、活仏に仕えていた精霊たちによってシャーマンになった、という話だけれど、シャーマンの守護霊は、本当は活仏じゃないかな。顔がそっくりだし」と述べていました。

美月先生と中田先生は、優子先生の報告にシャーマンと深い縁のある活仏が登場したことに驚いたそうです。中田先生は、「いつも思い出す宮古島のユタのセリフ、『世の中に偶然というものはない。世の中で起こることはすべて必然だ』を思い出した」と言っていました。美月先生は「優子先生がご報告を書かれた、そのゆかりのシャーマンが優子先生のダンナさまを鑑定した。ご縁を感じます」と言っていました。

そのシャーマンに鑑定していただいたり、結婚の日やその儀式について私は教えてもらったのだ、と思うと不思議な感じがしました。中田先生は、「あのシャーマンはとても優しいと思う。それは、シャーマンが尊敬している活仏が日本とご縁が深かったからですね」と言っていました。

おわりに　～冒険は続く～

シャーマンに鑑定していただいてから、私は「日本のシャーマンのところへ行きなさい」という言葉が忘れられなくなりました。日本のシャーマンのところへ行ったら、何と言われるのか。私はシャーマンになるのか。結婚した夫との間に本当に子供が五人生まれるのか。いろいろと謎が増えていきました。

シャーマンのところへ行ったらどうなるか、とワクワクします。日本のシャーマンに鑑定していただくこともまた、私にはスピリチュアルな冒険です。私の冒険はこれからも続いていきます。

そのお話はまた先に。

★　★　★

読者の皆様に有内麗さんのスピリチュアルな冒険のお話を読んでいただきました。彼女の冒険は、さらに続きます。

シャーマンというと、得体が知れない、対面しただけで自分の思いが見透かされそう、特殊過ぎて自分とは関係ない、インチキに決まっている、といった声もあると思います。それは仕方がないことです。しかし、優れた芸術の誕生に欠かせないインスピレーションとは、霊感です。直観的なひらめきがどこから来るのか、と考えた時、それは霊感としか言いようがありません。

筆者の知人に沖縄出身の霊能の高い女性がいます。その女性がずっと沖縄に住み、霊能を高める修行をしたら、きっとシャーマンになったと思います。しかし、彼女は高校卒業後に本土で就職し、結婚して家庭を持ち、お子さん達を育てました。元々文学少女だった彼女は、やがて和歌を作るようになり、和歌集を数冊出しています。筆者には、彼女が霊能を発揮するのではなく、霊感によって作歌する道を選んだ、と思われてなりません。

作家の円地文子氏は、『源氏物語』の現代語訳を手掛け、その作品には古典文学の素養が生かされています。彼女の小説、『女面』では『源氏物語』に登場する女性、六条御息所に対するユニークな評が女主人公の文章「野々宮記」、という形で披瀝されています。六条御息所は年下の光源氏と関係を持ちますが、源氏の正妻の葵上を生霊としてとり殺し、死霊として紫上に憑いて彼女を苦しめ、源氏の正妻の女三宮を出家に追い込みました。

六条御息所について、円地氏は彼女が単なる嫉妬深い憑霊《ひょうれい》体質の女性というだけではない側面があることを指摘します。六条御息所は物語風の文章を綴り、和歌の才能にも優れていました。その文学的才能と憑霊の間をさまようのが六条御息所だ、というのです。

このような六条御息所の解釈は、霊感の持つ奥深さを教えてくれます。優れた文才と、霊能が高く多分にシャーマン的であることが、同じ人物の中に併存している、ということです。このことは、筆者の知人の沖縄出身の霊能高い女性と同じです。

霊能などとは縁がない、と考えている人々も、遠く離れた身内の死を感じる場合が多いことは、よく知られています。身内の死は、それまで構築してきた自分の内面世界が強く揺らぐことでもあります。その緊急事態の時、胸騒ぎを感じたり、死にまつわる夢やヴィジョンを見たりする、というのは自然なこと、と筆者には思えます。

筆者は零感ですが、シャーマンの霊能と神霊の世界の存在を信じています。世の中には、筆者が感じられないことを感じる人々がたくさんおり、不可視の霊と交流できる人々もいます。シャーマン、そして神霊の世界から教えられることもたくさんあります。

これから有内麗さんがどのようなスピリチュアルな冒険をしていくのか、そしてどのような生涯を歩んでいくのかは、未知数です。麗さんの冒険を先にまた、読者の皆様にお届けできる日がくるだろうと思います。

本著のために尽力して下さった文芸社の阿部俊孝さん、丁寧な校正をして下さった宮田敦是さん、スタッフの皆さん、そして登場人物のモデルの皆さん、北方アジアのシャーマンさま、シャーマンの守護霊さまに深く感謝いたします。

令和5年　佳日　　　福寛美

著者プロフィール

福 寛美（ふく ひろみ）

1962年生まれ
学習院大学・大学院人文科学研究科博士後期課程単位取得退学、文学博士。
専攻：文学・民俗学・神話学
1995年より、学習院大学、専修大学、法政大学ほかの非常勤講師をつとめる。
論文、書評、多数。
著書
『ユタ神誕生』南方新社、2013年。
『歌とシャーマン』南方新社、2015年。
『新うたの神話学』新典社、2020年。
『平安貴族を襲う悪霊の風—『栄花物語』異聞—』新典社、2022年。
『火山と竹の女神　記紀・万葉・おもろ』七月社、2021年。
『うたの神話学：万葉・おもろ・琉歌』森話社、2010年。
ほか。

有内《ありうち》 麗《うらら》のスピリチュアルな冒険

2023年10月15日　初版第1刷発行

著　者　福 寛美
発行者　瓜谷 綱延
発行所　株式会社文芸社
〒160-0022　東京都新宿区新宿1－10－1
電話　03-5369-3060（代表）
03-5369-2299（販売）

印刷所　株式会社フクイン

ISBN978-4-286-24543-0